L'homme aux deux visages

Chapitre 1

Il fait beau, y a un grand soleil, sur la terrasse du bar deux copines qui se connaissait depuis le lycée.

Marina 28 ans était brune, elle mesurait 1m60, elle est secrétaire dans une grande boîte d'avocat sur Bordeaux, Elle habiter un appartement prés des chartrons un très beau T3 où elle cohabite avec sa colocataire qui est aussi sa meilleure amie amandine âgée de 27 ans, blonde et qui mesure 1m65, elle est en dernière année de médecine à la fac de la victoire.

Toutes les deux étaient dans la même classe à partir de la seconde, et depuis ce jour-là, elles se sont jamais quitté, elles ont vécu les galères ensemble, les amours de chacune, les refus de stage.

Mais elles ont réussi à tracer leurs chemins comme elle le souhaitait, et depuis quatre ans maintenant, elles se sont pris un appartement en collocation.

Leur vie amoureuse n'a pas été si simple, mais elles se sont réconforté et souder grâce à l'amitié, et se sont promis de ne jamais ce séparer pour un garçon.

Le samedi soir Amandine propose à Marina.

- Ça te dit une petite soirée avec les copains, à l'appartement?

- Je n'ai pas trop envie je suis fatigué, mais sors si tu en as envie.

- Ah non pas questions d'abandonner ma copine, alors j'envoie les invitations et tu va voir on va bien s'amuser. Allez viens-je vais te faire toute belle.

2 Heures après

Emma entendu la sonnette et ouvrir la porte.

- Salut les gars !!!

- Coucou, on a ramené de quoi bien s'amuser ce soir, un bon pack de bière dit Mathieu.

À ce moment-là Amandine sort de la salle de bain, et tous les garçons avaient des yeux que pour elle sauf un, Mathieu qui était en train de regarder Marina, il regarde chaque détail sur elle, son maquillage qui était soft avec juste du phare à paupière léger, du mascara pour terminer les yeux et un rouge à lèvres rose très pâle, en passant par la robe chic mais pas trop pour pas qu'on la remarque, comme pour disparaître dans la masse des invités.

Au bout d'un moment Marina regarde l'heure et voit qu'il est 00h00, elle n'aimait pas la tournée que prend la soirée, ça devenait long et ennuyeux, donc elle partit sur le balcon prendre l'air.

À ce moment-là, Mathieu la vue partait dehors et la suivi.

- Tous vas bien lui demander Mathieu ?

- Oui, très bien pourquoi?

- Je t'ai vu partir, donc je suis venu vérifier que tout allait bien, que tu nous fais pas un malaise ou quoi. (il sourit)

- Non t'inquiète pas, de toute façon je n'ai pas bu, donc ça va.

- Ce n'est pas ton délire ce genre de soirée?

- Non pas trop, mais je voulais faire plaisir à Amandine.

- Et sinon, tu fais quoi dans la vie?

- Je suis secrétaire dans un bureau d'avocat et toi?

Et il s'assied tous les deux, sur les fauteuils extérieurs, et faisait connaissance toute la nuit.

Le lendemain

Au réveil Marina prépareait le petit déjeuner d'Amandine et elle, croissant, chocolatine, café et jus d'orange.

Au moment où elle boit son café, Amandine se leva.

- Coucou, j'ai un mal de crâne horrible

- En même temps, vu tout ce que tu as pris ça m'étonne pas

- Et toi ta soirée? (Avec le regard croustillant)

- Quoi moi? C'était banal une soirée ou je me suis encore ennuyé

- Mais non je te parle de la discussion que tu as eue avec Mathieu. Et me dit pas que vous avait parlé 5 min, parce que vous avez parlé pendant 1 heure et demie!!! Je veux tout savoir. (Avec un rire narquois)

- Bon ok, il est plutôt très intéressant (Avec un beau sourire), Mignon aussi je dirais, et on a échangé nos numéros .

- Oh mais c'est génial ça, et vous, vous renvoyer quand?

- Je sais pas, je lui envoie un message?

- Oui aller

> Coucou ça va, ça te dit qu'on se voit cette
> après- midi aux quinconces et après on va boire un

Coucou, oui et toi, sa tombe bien je pensais justement à toi, ça me fait plaisir que tu proposes, donc c'est avec joie que j'accepte

Très bien, alors à tout a l'heure :)

- Je le revois tout à l'heure (excitation)

- C'est génial ça, tu vois, bon tu te méfies quand même, qu'il ne t'arrive rien.

- Oui, t'inquiète pas, je suis vacciné pour sa maintenant

Marina se prépare pour son rencard avec Mathieu, une fois prête elle le retrouvera au lieu du rendez-vous donné, il partit dans un bar.

Elle le trouvait beau, mignon, intelligent, cultivé et attentionné, elle se dit qu'enfin elle trouver quelqu'un qui lui correspondait mais elle ne s'emballe pas non plus, car tout peut arriver.

Quant à Mathieu, il est content d'avoir rencontré Marina il se dit que enfin elle va pouvoir donner un sens à sa vie, elle était si chaleureuse, belle, elle a des yeux à tomber parterre.

Mais il a peur de la faire souffrir, peur de lui faire vivre un enfer, comme a subi Christelle son ex-femme d'avant.

Il est prêt à changer pour elle, à devenir quelqu'un d'autre, mais sera-t-il capable de renoncer à tous ça.

Chapitre 2

Mathieu et Marina sont mariés depuis maintenant 1 an et demi et ont une fille Emma, aujourd'hui elle a 17 ans, elle est brune et fait 1m 50, elle est au lycée, elle veut faire des études pour devenir ostéopathe.

Marina a acheté une maison avec Mathieu, dans la campagne à Loupes, et laisser l'appartement à Amandine, ils vivent heureux, Marina attend son deuxième enfant qui va arriver à tout moment.

- Mathieu? Tu peux aller regarder à la salle de bain en haut, y a un robinet qui fuit .

- Oui mon amour, j'y vais de suite !

À ce moment-là le téléphone de mathieu, a sonné !

- Chéri ton téléphone a sonné je regarde si c'est important.

- D'accord, monte-le-moi si c'est urgent

> Charlotte
> Tu me manques, vite qu'on se revoit

Marina, ne se sent pas bien, elle s'assit et réfléchit, ça ne peut pas être possible elle a dû ce trompé de numéro.

Elle réfléchit, si elle connaissait une charlotte, si une de ses collègues s'appelle Charlotte, mais malheureusement non rien.

- c'était qui mon coeur?

- Une certaine Charlotte (avec énervement), C'est qui? Tu me trompes?

- Charlotte?, je connais pas de filles qui s'appellent comme ça, je te le promet, je lui envoie un message comme quoi elle s'est trompé de destinataire.

- D'accord, excuse-moi d'avoir douté, mais c'est juste que j'ai stressé quand j'ai vu ce message, je vais prendre une douche pour me détendre.

Le lendemain

Marina appela Amandine pour lui raconter ceux qui s'est passés la veille, en lui disant tout en détail.

Qu'elle trouve ça vraiment louche qu'une femme envoie ce genre de message, sans vérifier les numéros du destinataire.

Mais Amandine, la calma, pour son état ce n'est pas bien d'être stressé, et que c'est la première fois que ça arrive donc c'est possible que la femme se soit trompé, et si Mathieu a envoyé un message sous ton nez en lui disant qu'elle s'est trompé il faut lui faire confiance

2 Mois plus tard

Marina a accouché d'un petit garçon Théo, elle organise une petite fête pour sa venue au monde.

Avec Mathieu ils décoraient la maison, préparer à manger, et d'une minute à l'autre les invités allez arriver.

Mathieu très heureux d'être devenu père une deuxième fois, offrir un collier en diamants à Marina

- Tiens mon amour, parce que avec toi je suis comblé et qu'on as fait de beaux enfants.

- Merci mon coeur, c'est magnifique.

Alors que tout le monde était là, tous les invités féliciter les futurs parents.

À ce moment-là Mathieu laissa Marina pour discuter avec des invités, il allait voir une jeune femme, assez jolie, mince, blonde aux yeux bleus.

- Bonjour, vous allez bien?

- Très bien et vous?

- Tu peux me tutoyer tu sais, on a presque le même âge (sourire)

- Oui, excuse-moi (embarrasser)

- Ça te dit de venir à l'étage, j'ai prévu une surprise pour Marina et j'aimerais bien avoir ton avis?

- Oui pourquoi pas, je te suis.

Mathieu monte les escaliers suivis d'Elsa la collègue de Marina, il emmène dans une pièce tout au fond du couloir il a fait rentrer, il verrouilla la porte de l'intérieur, y a qu'un lit, est rien d'autre.

- C'est quoi ce cirque Mathieu?

- J'ai très envie de toi Elsa !!!

- Oui mais ce n'est pas possible, y a Marina, les autres invitées !! (FRISSONS)

- Et donc, la pièce est cachée personne peut la voir.

Mathieu s'approche d'Elsa, il se frottait à elle, passe délicatement sa main sur sa jambe et la remonte doucement pour lui donner des frissons.

- Stop arrête ça Mathieu, ce n'est pas bien.

- Ose me dire que tu n'en as pas envie.

Elle ne dit rien, le regard plongé dans celui de Mathieu.

Il remet sa main sur sa jambe et continue ce qu'il avait commencé, jusqu'à aller plus loin en mettant sa main entre l'entre cuisses.

Elsa a succombé et l'embrasse, Mathieu l'atrapa mais c'est jambes entre sa taille et la pause sur le lit.

Il dénoue le noeud de sa robe, et lui enlève, elle déboutonne sa chemise, l'embrasse et cessant au niveau du coup, petit à petit elle descend au niveau du torse, et descend encore plus bas

- HUUM

- Tu va pas le regretter Mathieu

20 Minutes plus tard

Ne dit rien à Marina s'il te plaît.

- Oui, ne t'inquiète pas, je descends.

Il descend tous les deux avec cinq minutes d'intervalle, pour avoir aucun doute, personnes n'a vu leur absence, sauf Amandine qui va garder ça pour elle, car elle a compris que Mathieu n'est pas celui qui prétend être, elle préfère avoir des preuves que de faire souffrir sa meilleure amie.

Une fois la fête terminée, Amandine dit au revoir à Marina et Mathieu.

Une fois dans sa voiture, Amandine appelle son copain Marc qui est aussi lieutenant dans la police.

- Oui c'est moi, je vais partir là, j'ai quelque chose à te demander?

- Je t'écoute?

- Tu peux rechercher toutes les informations sur Mathieu Moreau s'il te plaît?

- Mais c'est le mari de Marina, elle est au courant?

- Non je veux être sûre de mes doutes avant de lui faire part de ce que je sais.

- D'accord, je te sors tous ça et je te le ramène le dossier à la maison à tout à l'heure bisous

- Bisous

Quelques heures après le coup de fil d'Amandine, Marc rentre à l'appartement et rejoint Amandine dans le salon.

- Tu avais raison, ce mec est louche

- Sérieux? À quel point?

- Tiens, voilà tout ce que j'ai trouvé sur lui.

Amandine ouvre le dossier et l'épluche, feuilles après feuilles, détails après détails.

Mathieu Moreau, veuf et hérite de l'héritage de sa femme décédée et classée sans suite. Elle a été retrouvée morte dans sa chambre, d'après le dossier c'était un accident et c'est son mari qui l'à retrouvé.

Christelle Moreau brune 1m 70, elle est décédé à l'âge de 23 ans.

- Marc tu penses que c'est lui qui la tuer?

- Non, on a sa dépositions et il précise qu'il travailler ce jour-là.

- Oui mais il pourrait mentir aussi.

- Qu'est-ce que tu as vu pour douter de lui ?

- Il a couché avec Elsa, la collègue de Marina !!!

- Sa veut pas dire qu'il a tué sa femme.

- Oui, mais c'est un sale type.

- J'envoie un message à Marina.

> **Marina**
> Coucou tu va bien ? Ça se passe bien avec Mathieu?

> Oui très bien et toi ? Oui ça se passe bien, mais pourquoi tu me poses cette question, il c'est passé quelque chose?

> Non, comme ça, à la fêtes je vous ai pas vu beaucoup ensemble, c'est tout rien de grave.

Le lendemain

Amandine décidé de poser un jour de congé pour suivre Mathieu, arrivée devant son boulot elle se gara devant la porte d'entrée.

Elle aperçoit en train de discuter avec un collègue avant qu'il rentre dans le bâtiment, mais 20 Minutes après il ressort du bâtiments et parti dans une rue à pied, Amandine descend de sa voiture et commence à le suivre de loin, il tourne à gauche, passe une intersection et rentre dans une maison, Elle l'observe de loin et décide de le prendre en photo en guise de preuve.

Suite à ce qu'elle as vu elle retourna à sa voiture, et appela Marc pour tout lui raconter.

Pendant ce temps-là, à Loupes Marina s'occuper de Théo, avec un temps aussi beau elle rester à la maison.

Mais quelque chose n'allait pas, elle repense à la conversation d'hier qu'elle avait eue avec Amandine. Elle n'était pas du genre à poser des questions comme ça si elle n'avait pas une idée derrière la tête.

Un peu plus à quelques kilomètres de Loupes Mathieu se trouver au domicile d'Elsa.

- Mathieu, mais que fait tu là?

- J'avais besoin de te voir, tu me manquais trop et j'ai très envie de toi !!!

- Non !!! STOP tu ne m'approche plus, c'était une erreur la dernière fois.

- Comment sa une ERREUR ?

- Oui je ne veux plus mentir à Marina, je veux pas d'une relation comme ça.

Mathieu commence à avoir les nerfs, elle ne le reconnaît pas et ne se sent plus en sécurité.

- Mathieu calme toi s'il te plaît.

- Tu n'as pas le droit de me résister, ni toi ni personnes.

Il sent qu'Elsa n'est plus en confiance, il voit qu'elle lui échappe, alors il ne réfléchit plus et réagit sur un coup de tête, il a collé contre le mur, et profite d'elle, jusqu'à l'amener dans lit, elle se débat le supplie d'arrêter, mais Mathieu fait comme si il n'entendait rien et continue.

Quand il eut terminé il se rhabilla, et là il comprit qu'il avait été trop loin et qu'elle allait tout dire et ruiner sa carrière.

Il attrapa des gangs les enfilèrent, il alla dans la cuisine est pris un couteau, retourné dans la chambre pour finir le travaille.

En rentrent chez lui le soir, il a fait comme si de rien n'étaient comme si sa journée était banal, il diner tranquillement, demanda à sa femme comme s'est passé sa journée avec le petit, puis c'est au tour de sa fille, suivi des notes ou des examens qu'elle a pu avoir dans la journée.

- Et toi comment c'est passer ta journée ? Demande Marina

- Écoute, très bien comme d'habitude, je ne suis pas sorti du cabinet, j'ai eu une épidémie de gastro. Pas grand-chose du coup.

- D'accord mon amour, je vais coucher les petits je reviens.

- Très bien.

Une fois Marina monter à l'étage, Emma dit

- ça sonne tellement faux tout ça.

- Je te demande pardon ma puce?

- Oui, tout ça, je vois bien qu'y a quelque chose?

- N'importe quoi ma chérie, tu te fais des filmes, je t'assure.

- On verra bien comment tout ça se finira, au moins j'aurai prévenu.

Marina en haut au niveau des escaliers croisa le regard de sa fille qui partit dans sa chambre à son tour, et elle aussi avait compris que ça sonnait faux.

Mais qu'est-ce qui se passe, pourquoi tant de mystère et mensonges autour de cette table, si tout le monde savait très bien ce qui ce passer.

Ou du moins que tout le monde savait qu'y avait du mensonge, mais personne ne connaît réellement la vérité.

Chapitre 3

Une semaine plus tard

Il est 9 heures et demis, on est lundi et le cadavre d'Elsa sampere vient d'être retrouvé dans sa maison.

- Bonjour docteur, dites-moi alors que s'est-il passé ? Demande Marc

- Bonjour lieutenant , écouter ce que je peux vous dire, c'est qu'elle n'a pas eu le temps de se défendre, elle a pris 3 coups de couteau.

- Des agressions sexuelles?

- Oui, elle a été violée, puis tuer par la suite, voila pourquoi elle n'a pas eu le temps de se défendre, par contre aucune trace d'effractions, donc je suggère qu'elle connaissait son agresseur.

- D'accord merci docteur, je vais interroger les voisins, bonne journée à vous.

1 heure après de retour au commissariat, Marc mais en commun ce qu'il a trouvé avec ses collègues.

- Tous ceux qu'on sait c'est qu'Elsa sampere vivait seule, pas de petite amis, pas d'enfant, juste un chat. Dit Tom

- Moi j'ai un truc, une voisine a vu un homme la semaine dernière rentrée chez elle. Un homme d'environ 1m 70, brun et il n'avait pas de véhicule, donc il habite dans les environs.

- Y en as des milliers des suspects comme ça. Dit Tom à Marc

- Je sais, il faut éplucher c'est relevé téléphonique, c'est compté en banque et savoir ce qu'elle a fait une semaine avant sa mort.

- Je m'occupe des relevés téléphoniques et du compte en banque. Dit Olivia

- Et moi je vais fouiller sa vie privée. Dit Tom

- Très bien, moi je vais à son boulot, et interroger ses collègues on se fait un point à 14 heures. À tout a l'heure.

Une fois arrivée au cabinet d'avocats, Marc entra et vu un bureau vide, il suggère que c'est celui d'Elsa.

Arrivé à l'accueil, il demande à parler au patron. Après avoir attendu trois minutes le patron le reçoit dans son bureau, qui se situe à l'étage, au fond du couloir pour avoir du calme.

- Bonjour Lieutenant que puis-je faire pour vous?

- Bonjour Monsieur Barrière, je viens vous annoncer une mauvaise nouvelle. L'un de vos employés est décédée, il s'agit d'Elsa sampere, je suis désolé.

Monsieur Barrière est sous le choc

- Que s'est-il passé?

- Elle a été assassinée.

- Ce n'est pas possible, vous pensez que c'est une collègue à elle?

- Nous ne savons pas, c'est pour ça que je viens vous voir, j'aurais besoin d'interroger toutes les personnes proches d'Elsa.

- Oui je comprends très bien. Ce que je peux vous dire, c'est qu'elle était très apprécié ici, tout ses collègues l'aimaient bien et elle n'avait de problème avec personne.

- D'accord et dites-moi, vous l'avez vu quand pour la dernière fois?

- Il y a deux semaines, le mardi, tout était normal, après je ne suis pas régulièrement là, car je suis beaucoup aux audiences.

- Très bien merci, pour votre coopération.

- C'est normal, si je peux faire quoi que ce soit n'hésitez pas, à bientôt lieutenant.

Marc déssendit de son bureau, et rejoignez le rez-de-chaussée pour aller parler à Marina.

- Marina je peux te parler ?

- Oui, qu'est-ce qui se passe?

- Je suis là, parce que ta collègue Elsa sampere est décédé.

- Comment ça ? C'est impossible, je les vu la semaine dernière elle allait très bien.

- Dis-moi comment elle était la semaine dernière?

- Normale, elle faisait son boulot correctement, n' y avais rien d'anormale.

- Est-ce qu'elle se confie sur sa vie personnelle?

- Non, mais elle discutait plus de ça avec Marion, elle est là-bas.

- Très bien merci Marina.

- Bonjour Marion, je suis lieutenant Marc, j'ai quelques questions à vous poser sur Elsa sampere si vous voulez bien.

- Bonjour, oui je vous écoute.

- On m'a dit qu'Elsa et vous discutez souvent, est-ce qu'elle vous parlait de sa vie privée ?

- Oui, enfin elle me disait pas tous, qu'est-ce que vous voulez savoir?

- Elle fréquentait quelqu'un dernièrement ?

- Oui enfin non, c'était juste une aventure, il a dragué et ils ont couché ensemble une fois c'est tout.

- Et vous savez qui était cet homme?

- Non elle n'a pas voulu me dire, car je pense qu'elle allait avoir des problèmes .

- Ça pourrait être un homme marié?

- Je sais pas, tout ce que je peux vous dire c'est qu'elle regrette cette aventure.

- Très bien, merci si y a le moindre souvenir qui vous revient ou un détail n'hésitez pas à m'appeler je vous donne ma carte, bonne journée à vous.

- Attendez !!!

- Oui ?

- Suivez-moi.

Elle se levait de sa chaise et partie au fond du couloir où se trouve une porte qui mène derrière le bâtiment.

- Je sais pas si ça a un rapport, mais Elsa discutait souvent avec un Docteur.

- Un docteur? Elle était malade ?

- Non justement.

- Donc ça pourrait être l'homme qu'elle voit ?

- Je n'en sais rien, mais c'est tout ce que je sais.

- Et pourquoi m'avoir amené dehors pour me dire ça ?

- Parce que le médecin en question travaille pas très loin de son domicile.

- D'accord, merci, tenez-moi au courant si de nouvelles choses vous reviennent.

- Très bien, bonne journée à vous.

Suite à la discussion eut avec Marion, Marc se poser beaucoup de questions, tout ceci n'était pas normal, elle n'a pas été tuée pour son agent, elle n'a as pas été cambriolé. Donc difficile de déterminer pourquoi elle a été tué.

En arrivant au commissariat, ils se réunissent et mettent au point, ce qu'ils ont trouvé chacun de l'autre côté.

- Les relevés téléphoniques n'ont rien donné, elle appeler sa famille, c'est amis et deux collègues seulement. dit Olivia

- Du côté de sa vie privée, c'est un désert, elle a coupé les ponts avec sa famille y a maintenant un mois, n'avait pas d'amis et sorti presque pas de chez elle. Par compte elle a fréquenté un homme récemment, d'après sa mère c'était pas quelqu'un de fréquentable.

- As-tu retrouvé les numéros d'un cabinet médical ou d'un médecin dans son relevé téléphonique?

- Non, je n'ai rien du tout.

- Tom lance une géolocalisation à un cabinet de médecin à proximité de chez elle s'il te plaît?

- Trés bien, deux petites secondent le temps que sa cherche…… Bingo, le seul médecin qui pratique c'est … Merde.

- Quoi réplique Marc?

- C'est Mathieu Moreau.

Sous le choc, Marc venait de comprendre pourquoi Marion l'avait amené à l'extérieur pour lui donner cette information. Comment pouvait-il connaître la collègue de sa femme ?

Et s'il trompait marina avec elle? Beaucoup de questions d'un coup sont des confirmations aux questions d'amandine.

Quand Marina rentre à la maison, elle était perdue, elle était un peu déboussolée, comment est-ce possible que sa collègue, sois morte.

Dans ces pensées elle s'imaginer tout est n'importe quoi sans faire attention que sa fille lui parlait ou alors que son fils lui sourit. À ce moment-là Mathieu l'arrêta dans ces pensées.

- Tous va bien chérie ?

- Oui, enfin pas trop, je vais coucher Théo.

Une fois qu'elle redescend, elle s'assoit sur le canapé.

- Ma collègue Elsa est morte

- Ah bon , mais que s'est-il passé?

- Ils ne savent pas une enquête est ouverte.

- Comment ça une enquête est ouverte ?

- Oui, la police est venue m'interroger aujourd'hui .

- Je vais me coucher sa ma épuisée cette journée avec la police, bonne nuit bisous.

À ce moment-là Mathieu réfléchi à ce qu'il dirait au policier quand ils viendront l'interroger, à l'alibi qui devait trouver, mais surtout pour éviter que Marina ne se doute de quelque chose.

Tout à coup son téléphone vibre, il le sortit de sa poche et lit son message.

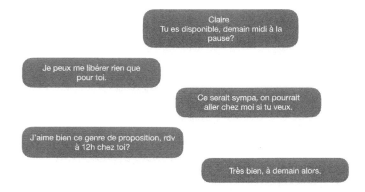

Le lendemain matin en se rendant à son cabinet Mathieu réunit toutes les affaires d'Elsa qui l'avait gardé en souvenir dans son cabinet et les range dans un sac, il nettoie tout correctement pour éviter qu'ils ne trouvent les empreintes d'Elsa dans le cabinet.

À ce moment-là Marc entra au niveau de l'accueil, et demanda à parler à Mathieu, que la secrétaire empresse d'appeler en disant.

- Monsieur Moreau la police pour vous.

- J'arrive dessuite.

- Bonjour Marc. Avec une poignée de main.

- Bonjour Mathieu, on peut aller dans ton bureau discuter un peu ?

- Oui suis-moi.

Une fois bien installé chacun dans un fauteuil, Marc tente le bluff pour essayer d'avoir plus d'informations possibles, puisqu'il est sur que le médecin qu'elle fréquente c'était lui.

- Marina a dû te dire, qu'on a retrouvé une collègue à elle n'est-ce pas ?

- Oui bien sûr, c'est horrible qui a bien pu faire ça.

- Justement on enquête. Dis-moi je vais être franche avec toi, as-tu eu une relation avec elle ?

Mathieu tombe des nues, et ne peut cacher son malaise, face à cette question cache.

- Écoute Mathieu, on est sur un crime, donc toutes les informations sont bonnes à prendre, et si tu à couché avec elle ça nous regarde, et ça restera entre nous bien sur.

- Je veux pas que tu t'imagines quoi que ce soit, j'aime Marina…

Avant qu'il n'est eut le temps de finir sa phrase, Marc le coupa.

- Je suis là juste pour faire mon boulot, le reste ne m'intéresse pas, je suis là en tant que Lieutenant, pas psy.

- J'ai rencontré Elsa à la fête de naissance de Théo, elle était sur le canapé seul, donc j'ai engagé la conversation.

- Et ensuite vous, vous êtes revus?

- Oui, une ou deux fois.

- C'est tout ? Tu savais pas si des gens venaient lui rendre visite ou quoi?

- Non, à vrai dire je la voyais une après-midi et après je partais travailler.

- Je vais te demander de rester à la disposition de la justice le temps de la fin d'enquête.

De retour au commissariat, Marc fait le point avec son équipe, mais rien de nouveau sauf mise à part son amant Mathieu Moreau.

Il cherche sans cesse, il refait tout le dossier pour éviter d'avoir oublié un détail ou quoi, mais rien, ils ne savent pas ce qu'il chercher et encore moins ou chercher. Il compare le dossier avec d'autres, mais rien, pas un indice, aucune empreinte, le tueur à tous nettoyer correctement pas une trace rien.

Chapitre 4

En rentrant chez lui le soir Mathieu était distant, froid, perturbé, mais refusé de dire à Marina qu'il a trompé et encore moins que la police est venue l'interroger pour pas l'inquiéter mais encore moins pour lui raconter ce qu'il avait raconté.

Il prit sa voiture et parcourut quelques kilomètres, à fin de se retrouver au bord d'un lac tranquille où il serait tout seul. Il arriva au bord du lac et se posa, prit sa tête entre ses mains et réfléchissa, il prit la poche en plastique qui contenait toutes les affaires d'Elsa.

Il sortit de sa poche de son jean son téléphone portable et compose un numéro, il entendait sonner et attendu que la personne décroche à l'autre bout du fil.

- Allo ?

- Oui c'est moi, c'est Mathieu.

- Oui, j'ai reconnu ton numéro dit Nathan.

Nathan était le seul vrai amis de Mathieu, celui qu'il l'appelle quand ça va pas du tout, ils se connaissent depuis maintenant 10 ans.

- Qu'est-ce que tu as encore fait ? dit Nathan à Marc

- J'ai recommencé.

- Tu as besoin de quoi cette fois si?

- J'ai fait disparaître toutes mes empreintes des lieux et j'ai jeté tous ceux que j'avais d'elle.

- Écoute Mathieu, ce n'est pas possible, tu sais que tu va faire une erreur a force de faire ça?

- Oui, mais je te promets, c'est comme une obsession, j'ai besoin de ça pour me sentir mieux.

- Non, tu peux t'en passer et tu as réussi après la mort de Christelle, mais sil te plaît ne fait rien à Marina, il y a les enfants et tu peux pas leurs privées de leur mère.

- Je comptais pas lui en faire, j'ai pensé à eux.

- Et à Marina tu y pense ? Comment elle va réagir quand elle va tout savoir ?

- Elle ne sera rien, et rien ne se sera, j'ai pensé à quitter la ville.

- Et tes enfants tu les aimes ?

- Oui (désespérait)

- Alors il est encore temps de tout arrêter, et de profiter d'eux.

- Je peux pas, la machine est remise en route, je ne peux plus faire machine arrière .

- Je peux plus te protéger, C'est ….

Avant qu'il puisse terminer sa phrase, Mathieu lui raccrocha au nez, il prit son sac à dos noir et mit la poche plastique au fond et ferma la fermeture éclair.

Il est rentré chez lui, d'un pas déterminé et embrasse Marina, comme s'il n'avait pas vu depuis plusieurs jours, il a pris dans ses bras et lui fit l'amour.

Le lendemain matin

Marina était en train de déjeuner un café avec un bon croissant et un petit jus d'orange avant de partir embaucher.

Elle repense à ce qu'il s'était passé hier soir, pourquoi Mathieu avait été si différent, quelque chose avait changé depuis bien longtemps, mais depuis quand et pourquoi?

À ce moment-là Mathieu descend à la cuisine, pour déjeuner à son tour.

- Bien dormis mon amour ?

- Qu'est-ce qui se passe Mathieu ?

- Comment ça je comprends pas ?

- Tu as changé tu n'est plus le même depuis quelque temps.

- Pas du tout, c'est le stress du boulot, et je n'ai pas assez pensé à toi non plus donc je me rattrape.

- Je ne t'ai jamais vu comme ça. Tu as rencontré quelqu'un ?

- Mais n'importe quoi !!! Qu'est-ce que t'imagines, y n'a que toi dans ma vie.

- On reprendra cette discussion pus tard je dois partir bosser, à ce soir.

Une fois montée dans sa voiture Marina envoie un message à Amandine.

> Coucou, une petite soirée fille ça te tente? J'ai besoin de parler.

10 minutes après Amandine voit le SMS de Marina, elle sentit un mauvais pressentiment, et compris qu'avec Mathieu ça n'allait pas, elle demande des renseignements de l'enquête à Marc, mais refusé de lui donner, secret professionnel comme il disait . Alors tant pis elle n'aimait pas faire sa mais il lui donnait pas le choix.

Elle va dans le bureau et chercher le dossier qui correspond à l'enquête a fin de trouver un truc qui est en rapport avec Mathieu et Elsa, elle trouve rien donc elle attrape sa sacoche et la vida mais rien non plus, juste quelques photos et des interrogatoires.

Elle réfléchit, réfléchit et d'un coup se précipita à nouveau au bureau et attrapes l'ordinateur portable, elle réussit à entrer dedans et à la sur le bureau, elle chercher le dossier qui lui intéressé, et le trouve, elle ouvrit mais elle avait peur de ce qu'elle allait découvrir. Une fois le dossier ouvert elle trouve toutes un tas de choses, plusieurs photos, des tests ADN, des interrogatoires ainsi que celui de Marina et celui de Mathieu, elle le lit de A à Z est compris qu'elle avait raison.

Au moment où elle attrapa son téléphone pour appeler Marina, elle se fait arrêter par Marc qui était est juste derrière elle.

- Ce n'est pas ce que tu crois Marc.

- Tu te fous de MOI, Amandine c'est une enquête pas un jeu.

- Je sais, je te promets c'est pour mettre Marina en sécurité.

- Mais tu n'as pas compris que tu n'avais pas le droit ? Je risque d'être mise à pied si quelqu'un le sait.

- Je suis désolé, mais tu voulais rien me dire et savoir que la vie de ma copine est en danger c'est impossible pour moi.

- Mais elle n'est pas en danger, tu te trouves des excuses. Maintenant je vais prendre l'air, bonne soirée.

Marina
On peut se voir ce soir, rdv au bar comme d'habitude.

Il est 19 h, Marina venait d'arriver au bar, qui se situe sur les quais de Bordeaux, c'était leur bar préféré, c'est laquelle se donner rendez-vous quand elles avaient un coup de mou, une déception ou encore quand elles sont tristes.

Amandine est arrivé dans la foulait et rejoint sa copine à la table.

- Tu vas bien ? Excuse-moi d'avoir répondu si tard.

- Oui ça va enfin, ça va pas trop avec mathieu.

- Raconte-moi.

Marina lui raconte tout en détail, en passant par le meurtre de sa collègue, ainsi que le changement du comportement de Mathieu du jour au lendemain.

- Oui, Marc travaille sur l'affaire de ta collègue.

- Et tu sais des choses ? Si Mathieu a été interrogé ou pas ?

- Oui j'ai regardé, mais normalement on ne doit pas le savoir sinon Marc risquerait de perdre sans boulot.

- Promis j'en parlerais à personne, mais là il faut que tu m'aides.

- Alors oui il a été interroger mais.

- Mais quoi?

- Il y a rien de plus, je n'ai rien vu de spécial dans sa disposition.

- Tes sûre, alors je m'inquiète pour rien ?

- Tout a faits.

- Heureusement que tes là, ça me rassure. Je vais rentrer et m'excuser alors, merci ma belle bisous.

- Bisous rentre bien.

À ce moment-la, Amandine quitte le bar pour rentrer jusque chez elle, elle culpabilise de ne pas avoir dit la vérité à sa meilleure amie, mais la carrière de Marc ainsi que son enquête était en jeu. Et surtout elle devait même ne pas avoir la main sur cette enquête.

En rentrant dans son appartement elle vit Marc.

- Je lui ai rien dit.

- Pourquoi ? Ta fouillé pour ça non ?

- Oui, mais tu risquais des problèmes avec ton boulot.

- Merci, c'est gentil d'avoir fait ça, mais plus jamais tu touches à mes enquêtes c'est compris ?

- Oui excuse-moi encore.

Mais au fond d'elle, elle eut comme une évidence, elle va enquêter de son coté pour trouver des preuves afin de sortir Marina des pattes de ce psychopathe.

Elle appela son cousin, qui c'est utilisé tout un tas de logicielles informatiques, et lui expliquer ce qu'elle veut faire, ce qu'elle recherche, elle lui donne toutes les infos nécessaires qu'il doit savoir et le mets dans la confidence qu'il doit révéler ça à personne même pas à Marc.

En rentrant chez elle Marina cherché Mathieu mais le trouve pas, elle monter à l'étage est voit qu'il dormait, elle alla se démaquiller, et se changer pour aller dormir.

Le lendemain

Marc arrivera au commissariat, il traversa le hall de l'entrée et se dirigea vers le premier étage afin de rejoindre ses collègues et faire un point, depuis plusieurs jours ils stagner, pas d'indices, pas d'empreintes ce qui veut dire qu'ils peuvent concluent à un suicide.

- Alors du nouveau demande Marc?
- Non rien. Réponds Olivia
- Ce n'est pas possible elle n'a pas pu se poignarder toute seule, c'est trop violent.

Pendant ce temps, Mathieu donne un rendez-vous à claire dans une chambre d'hôtel pas loin de son cabinet.

- Ça fait longtemps Mathieu, tu faisais le mort ?
- Non pas du tout, j'ai juste beaucoup de boulot.
- D'accord, enfin habituellement tu arrives quand même à te libérer.
- Oui bon tu n'es pas ma femme, donc je viens quand je veux à ce que je sache.
- Tu peux me parler autrement par contre.
- Oui sauf que la tu me saoules.
- PARDON? Prends tes affaires et va-t'en !!!
- Tu me donnes pas d'ordre !!!
- Je fais ce que je veux, je n'ai plus envie de te voir donc pars.
- Je partirai pas, et tu vas pas me forcer non plus.
- Très bien donc c'est moi qui m'en vais, et ne me recontacte plus.

Claire prit ses affaires, et partit de l'hôtel, elle se dirige à sa voiture qui se situe sur le parking. Quant à Mathieu il reste là assis sur le lit à réfléchir à ce qu'il venait de se passer, sans comprendre ses faits et geste.

Au même moment Marina qui s'est senti seul et délaissé par son mari, sorti se promener à l'extérieur, sur son chemin elle croise un beau garçons, assez musclé, beau. Il s'arrête à son niveau, et il lui adresse la parole, à ce geste ils finissent par discuté toute la soirée tous les deux dans un bar qui n'était pas très loin. Et Marina a fini la soirée avec lui dans son lit.

Un mois plus tard, Mathieu reçoit un SMS de claire.

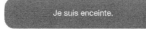

Je suis enceinte.

Mathieu n'en croyait pas ses yeux, ça ne pouvait pas être possible, et voila l'erreur est faite tout ce qu'il redouter est la maintenant. Il avait décidé de la faire venir chez lui pour la garder jusqu'à l'accouchement mais d'abord fallait qu'il arrive à lui en parler. Au même moment Marina arriva dans la salle de bain avec un test de grossesse positif à son tour. Une erreur d'un soir qui lui coûtera toute une vie, comment allez-elle annoncer ça à Mathieu, elle avait beau réfléchir, mais avec les distances qu'il avait pris avec elle ça ne pouvait pas être possible.

Elle sortit son téléphone et composer le numéro d'Amandine.

- Allo Marina, tu vas bien ?

- Je suis enceinte !!!

- Et ce n'est pas censé être une bonne nouvelle ?

- C'est pas de Mathieu, mais d'une erreur d'un soir.

- Aie.

- …. (Marina reste sans voix)

- Ne t'inquiète pas, tout va bien se passer, je suis là si tu à besoin.

- Je sais pas quoi faire.

- Tu veux le garder toi ou non ?

- C'est quand même une partie de moi donc oui.

- Alors, sois honnête avec Mathieu et dit-lui tout, ça distance, ton erreur et le bébé. De toute façon tu n'as pas le choix tôt ou tard il va le voir.

- Tu as raison.

Quelques minutes après avoir raccroché avec Amandine, Marina se diriger vers le salon où elle trouvé Mathieu assis dans le canapé.

- Je peux te parler ?

- Oui je t'écoute ?

- Je suis enceinte.(MERDE, Marina enfin réfléchi avant d'annoncer ça comme ça).

- Comment ça tes enceintes ? Là ? Maintenant ?

- Oui

- D'accord, je m'attendais pas du tout à ça, en plus on avait dit qu'on voulait que deux enfants.

- Je sais.

- Tu veux le garder ?

- Bien sur que oui.

- Je suis d'accord avec ton choix alors.

Elle ne comprend pas du tout sa réaction, normalement il aurait dû demander de qui il était, ou alors il a compris tout seul. Mais pourquoi n'a-t-il pas réagi, il veut se faire rattraper de ses erreurs. Au même moment Mathieu envoyait un SMS à Claire.

> Il faut qu'on se voie j'ai besoin de te parler

Une heure après Mathieu retrouve Claire à son appartement.

- Qu'est-ce qu'il y a Mathieu, y'à quoi de si urgent?

- Ma femme est aussi enceinte, et elle m'a trompé !!!

- Je te rappelle que tu as fait la même chose de ton coté avec moi. Mais rassure-moi tu n'es pas là pour me parler de ta femme j'espère ?

- Non, je veux que tu viennes habiter chez moi.

- Ah oui, bien sûr je vais venir cohabiter avec ta famille et femme alors que je suis enceinte de toi .

- Non, j'ai fait fabriquer un appartement où je suis le seul à avoir la clé et à savoir son existence, je te ferai les courses et je m'occuperai de toi jusqu'à l'arrivée du bébé?

- Et après ? Je compte vivre comme ça.

- Après on avisera, fais-moi confiance. Ma femme n'est pas là prend tes affaires on y va.

Après avoir fait sa valise claire suivi Mathieu dans sa voiture, une fois avoir fait quelques kilomètres ils arrivèrent à la maison familiale. Mathieu prit les valises de Claire et passé par le jardin pour l'amener à une porte qui se trouvait derrière les buissons, dont personne ne pouvait voir. Il met la clé à l'intérieur de la serrure et tourna jusqu'à l'ouvrir. Il laisse Claire devant lui et lui demanda d'ouvrir la porte. Claire ouvre la porte et resta bouche bée.

- C'est quoi c'est conneri Mathieu ? Tu joues à quoi ?

- Je te laisse pas le choix. À ce moment la Mathieu ferma la porte à double tour, puis rentra chez lui comme si de rien était.

Chapitre 5

Neuf mois plus tard, Marina était à deux doigts d'accoucher, elle pouvait accoucher aujourd'hui, demain, dans une semaine, ce n'était qu'une question de jours.

Mathieu attend que sa femme parte, et ses enfants aussi pour se diriger au fond du jardin, et ouvrir la porte.

- Bonjour Claire, comment va- tu aujourd'hui ?

- Laisse-moi sortir sil te plaît, j'ai des contractions je ne suis pas bien du tout.

- Laisse-moi regarder si ton col s'est ouvert.

- Non ne me touche pas Mathieu, je vais porter plainte pour séquestration.

- Est-ce que je t'ai maltraité ? Non, je t'ai nourri correctement, acheter des vêtements, je me suis très bien occupé de toi et de notre enfant.

- Alors laisse-moi aller à l'hôpital sil te plaît.

- Non, je vais t'accoucher moi-même.

- Non je n'ai pas envie, laisse-moi tranquille et ne me touche surtout pas.

- Je crois que tu n'as pas très bien compris, je vais t'accoucher et c'est un ordre !!!

Claire se débat comme elle pouvait, elle ne voulait pas que Mathieu la touche et encore moins son bébé, mais malheureusement dans son état elle est incapable de faire quoi que ce soit.

Mathieu ça proche d'elle, est la rassurera. Après 6 heures de travail Mathieu à réussi sortir un joli petit garçon qui prénommé Antoine, il le lève correctement et il lui coupe le cordon médical, et l'amena dans son berceau.

Quelques heures plus tard Claire se réveilla et vois Mathieu assis sur une chaise en face d'elle.

- Où est mon bébé ? (en pleurant)

- Ne t'inquiète pas notre fils est en sécurité

- Pourquoi tu ne me laisses pas le voir ?

- Parce que d'abord je vais te féliciter pour tout le travail que tu as fait. (Mathieu s'avança sur le lit)

- Ne t'approche pas, espèce de monstre.

- Je t'interdis de dire que je suis un monstre, je t'ai logé nourri aider et c'est comme ça que tu me remercies.

- Laisse-moi tranquille tu me fais peur Mathieu.

Mathieu s'approche de plus en plus vers claire qui pleura toutes les larmes de son corps, il passa sa main dans son décolleté, et finit par abuser d'elle.

Pour terminer il a poignardé trois fois, et la chargée dans son 4x4 puis la dépose chez elle, comme si de rien été. Mathieu rentre chez lui.

- Tu peux m'expliques ceux que fait ce bébé chez nous ?

- C'est le mien.

- Pardon ?

- Tes leçons de morale tu te les gardes parce que toi t'es enceintes mais pas de moi ça te dérange pas ?

- Tu es gonflé quand même.

- Je les eus avec ma secrétaire mais elle en a pas voulu donc je les récupérais pour assumer mon rôle de père.

Marina n'en croit pas ses oreilles, il venait de lui dire sans gêne qu'il menait une double relation avec sa secrétaire et qu'il venait d'avoir un enfant. Toutes ces émotions lui ont déclenché les contractions et rentrent à l'hôpital à 23h et elle ressortit le lendemain avec un petit garçon surnommé Maxime.

Il est 7 heures du matin quand Marc a été appelé sur une nouvelle enquête en pleins quartier de Bordeaux.

- Bonjour tout le monde, bonjour docteur, qu'est-ce qu'on n'a ?

- Claire Norek, 30 ans, célibataire.

- De la famille ? Des enfants ?

- J'allais en venir, cette femme a vécu ces derniers jours difficiles, elle a accouché puis elle a été violé et poignardée.

- Et ça date de quand ?

- Je dirais 48 heures.

- Bonjour mon lieutenant, le plus bizarre c'est qu'il n'y a aucune chambre pour bébé ici, et que le lieu n'a pas été habité depuis un bon moment. Dit Olivia .

- Bonjour Olivia, donc le corps aurait été déplacé ?

- Toute a fait, et si on fait les liens, elle a subi les mêmes violences que Elsa sampere.

- Et la seule erreur qu'à fait notre meurtrier c'est d'avoir mis enceinte notre victime.

- On n'est pas sur que ce soit le meurtrier qui les mis enceinte.

- Très bien, alors appeler les hôpitaux savoir s'ils ont eu un accouchement, de Claire Norek. Et faut faire une enquête de voisinage.

- Tom est déjà partie interroger les voisins.

- Très bien, je vais le rejoindre.

- Moi je rentre au commissariat faire le relever téléphonique et éplucher sa vie privée et les derniers lieux qu'elle a fait. Dit Olivia.

En sortant de l'appartement de Claire, Marc alla chez les voisins rejoindre Tom pour poursuivre les interrogatoires du voisinage.

- Salut Tom, vous allez bien ?

- Très bien et vous Marc ?

- Ça va merci, alors sa donne quoi les interrogatoires de voisinages ?

- Alors pour le moment j'ai fait un appartement, la famille Dupont, ils ont vu un homme rendre visite à Claire plusieurs reprises.

- Ils peuvent décrire cet homme ?

- Non ils ont juste vu de dos, ils savent juste qu'il fait environ 1m 80 et qu'il est brun.

- Comme avec Elsa ?

- On a juste sa donc on peut pas dire que les deux meurtres sont liés.

- Certes mais on a le même mode opératoire, donc ça peut être un tueur en série ?

- Faut vérifier les deux dossiers en même temps, voir si y a quelque chose qui correspond.

Une fois les informations réunies, Marc et Tom rentraire au commissariat, et rejoins Olivia au bureau afin de mettre en commun ceux qu'ils ont trouvés. Marc va au tableau ou l'enquête d'Elsa sampere est accroché pour regarder les preuves, les indices et le mode opératoire.

Olivia arriva, perplexe pour annoncer ces trouvailles dans le GPS de Claire et dans son relever téléphonique.

- J'ai trouvé un lien entre les deux affaires, enfin je crois. (Très embarrassé)

- On t'écoute Olivia.

- D'après le GPS de Claire, elle s'est rendu chez Mathieu Moreau.

- Le mari de Marina et l'amant d'Elsa?

- Oui, il lui a envoyé un message comme quoi il voulait lui parler, et son dernier itinéraire c'est chez eux.

- Et le relevé téléphonique ça a donné quoi ?

- Elle a eu des coups de fil plusieurs fois dans le même mois de Mathieu Moreau.

- Donc ça serait sa maîtresse ?

- Je sais pas, en tout cas on a vérifié et c'est le même mode opératoire, et on a un suspect pour les deux.

- Très bien, vous me l'interpellez vous le ramener ici et moi je vais demander une perquisition pour son domicile.

Une heure après Marc a obtenu la perquisition pour aller fouiller la maison de Mathieu et Marina Moreau, au moment où il sortit du bureau avec le papier il croisa Mathieu avec les menottes. Il passa dans la salle d'interrogatoire avec Tom et Olivia.

Marc à demandé à cinq officiers de le suivre afin de perquisitionner la maison, il prit une voiture et traverser les rues à fin d'arriver au domicile du suspect numéro un, il arriva à la porte et sauna.

- Marc !!! (Marina et surprise et ne comprend pas sa venue)

- Bonjour Marina, j'ai une perquisition pour ton domicile.

- Mais pourquoi ? Qu'est-ce qu'il se passe ?

- Je peux pas t'en dire plus je suis désolé.

- Mais dis-moi, ce que tu cherches au moins ?

- Je vais te poser quelques questions si tu veux bien.

- Oui on va s'installer dans le salon on sera tranquille.

Marc ordonna à ses équipiers de fouiller toute la maison.

- Marina, est-ce que tu connais Claire Norek ?

- Oui enfin juste de nom, c'est la collègue de Mathieu pourquoi ?

- Parce qu'elle a été tué.

- Ce n'est pas possible (Choqué) et vous croyez que c'est Mathieu c'est ça ?

- On ne croit rien, on a juste quelques preuves c'est tout.

- Dis-moi Marina, as-tu vu claire ici, chez vous?

- Non pourquoi ?

- Lieutenant, on a un enfant mat de peau à l'étage.

- J'arrive, tu peux me suivre Marina à l'étage s'il te plaît.

- Marina c'est ton enfant ?

- Non (Très embarrassé)

- Alors il est à qui ?

- Je sais pas, enfin non je ne sais pas.

- Marina tu devrais tout nous dire maintenant, parce que sinon on t'emmène au commissariat et les petits vont être placé le temps que tu nous dises la vérité.

- Je sais pas qui est la mère, mais le père c'est Mathieu c'est tout ce que je peux te dire.

- Depuis quand il est là ?

- Depuis peu, Mathieu la déposait un jour avant mon accouchement.

- Très bien, on va faire un teste ADN voire si c'est bien le petit de Claire ou non.

- Mais Mathieu ne ferait aucun mal à cette femme, je le connais très bien il est incapable de faire ça. Sert il m'a trompé mais il ne ferait pas de mal à quelqu'un.

- Je ne sais pas, tout ce que je sais, c'est que nous avons des preuves.

Au même moment le téléphone de Marc sauna, c'était Olivia, il répondit et répond simplement « d'accord » au téléphone puis il raccrocha et se tourne vers Marina très embarrassé.

- Dis-moi Marina, étais-tu en contacte avec Claire Norek?

- Non, je t'ai dit je les juste aperçus au cabinet rien de plus.

- Malheureusement, nous avons trouvé un téléphone prépayé cacher chez elle, et il y a ton numéro à l'intérieur, et on a la preuve que vous étiez en contact toutes les deux.

- (Mal à l'aise) Hum, d'accord j'étais en contact mais ce n'est pas un crime si ?

- Tout à fait, mais si tu mens, sait que tu nous caches un truc.

- Non pas du tout, y a pas de mal à discuter avec la secrétaire de mon mari ?

- Pas du tout, par contre être complice d'un meurtre si, donc tu veux rien me dire de plus je t'embarque.

- Les gars, passez-lui menottes et embarquer là, ensuite appelé l'assistante familiale pour les petits. On y va.

Une fois arrivé dans la voiture, il traversa toute la ville pour arriver au commissariat.

Quelques minutes après, Marc demande à Marina de déposer toutes c'est affaire personnelle dans le bac transparent qui se trouve juste devant elle. Puis elle se fait amener en salle d'interrogatoire numéros deux.

Au même moment Olivia arrive dans le hall afin de lui dire tout ce qu'elle a pu trouver en son absence.

- Voici donc les relevés téléphoniques du téléphone prépayé de Claire, on n y trouve plusieurs communications mais que deux numéros à l'intérieur. Celui de Marina et Mathieu Moreau.

- Très bien, as-tu réussi à faire le lien avec Elsa ?

- Je suis désolé on cherche toujours, mais à part le fait qu'elle soit toutes les deux les maîtresses de Mathieu rien.

- Et entre Claire et Elsa tu as regardé ?

- Non, je m'y mets de suite.

Marc entra dans la salle d'interrogatoire numéros une ou se trouver Mathieu.

- Bonjour Mathieu ?

- Marc, qu'est-ce que je fais là ?

- Tu es entendu, dans le meurtre de Claire Norek.

- C'EST UNE BLAGUE ? Enfin c'est ma secrétaire rien de plus, vous faites faussens route.

- S'il vous plait, je vais vous demander de vous calmer en premier temps.

- Depuis quand travaillez-vous avec Claire Norek ?

- Un peu plus de 10 ans

- Vous l'avez vu quand pour la dernière fois ?

- Je sais pas, son dernier jour de travail avant de partir en vacances.

- C'était quand ?

- Il y a deux mois je crois.

- Avez-vous eu une relation avec elle, autres que professionnel ?

- Non, c'est absurde comme question.

- Pourtant vous l'appeler régulièrement hors boulot, et depuis ses vacances pourquoi ?

- Justement comme vous dites, quand elle était en vacances je l'appelais pas. Je l'ai appelé car j'avais besoin d'aide pour le cabinet et ça hors horaires du travaille, car je faisais des travaux afin de faciliter la vie à tout le monde.

- Malheureusement, Claire n'est jamais parti en vacances mais en congé maternité.

- Ce n'est pas possible, moi je n'ai jamais eu de congé maternité, elle avait demandé ses vacances.

- Vous donnez deux mois de vacances, vous êtes bien gentils en tant que patron vous.

- Et alors, on travaille toute l'année, même les jours fériés donc oui quand on me demande des vacances je les donne, car tout le monde travaille bien dans mon cabinet.

Marc prit son dossier sur la table est sorti de la salle d'interrogatoire, il se dirigea vers Tom.

- Tom regarde si Claire Norek à poser des vacances ou des congés de maternité.

- MARC !!!!

- Oui Olivia.

- Ça y est j'ai un point commun entre nos deux victimes, elles étaient toutes les deux en contacte avec une certaine Charline, voici l'adresse.

- Et cette Charline a un nom ?

- Je n'ai rien trouvé du tout sur cette femme, juste cette adresse et son prénom, je sais qu'elle a été en contact avec les deux victimes une semaine avant qu'elle meurt.

- Très bien, merci Olivia.

Marc rentra chez lui, il s'est assis sur son canapé pour décompresser. Il ouvrait son ordinateur et s'est mis à faire des recherches sur tout et n'importe quoi. Au final il ne savait pas trop ce qu'il cherchait mais il devait penser à autre chose que son enquête qui lui prenait tout son temps.

- Tes déjà rentrer mon coeur. (Dit Amandine)

- Oui.

- Ça vas-tu as l'air bizarre.

- Oui, ce n'est rien, juste l'enquête qui me prend la tête.

- Tu as quand même l'air bizarre, tu veux pas me dire.

- Aujourd'hui j'ai arrêté Marina et Mathieu, mais ils ont rentré chez eux en fin d'après-midi.

- Pourquoi, tu avais des preuves contre eux ?

- Malheureusement oui, désoler. Et je dois arrêter cette conversation maintenant, tu ne devrais pas être au courant.

Le lendemain, Marc pars au travail et Amandine attrapa son téléphone et passe un coup de fil à Marina pour savoir comment ça va, après l'arrestation et toutes ces histoires. Après avoir fait deux heures de communication, elle raccroche.

Elle compose le numéro de son cousin, elle veut savoir s'il a réussi à trouver tout ce qu'elle a demandé.

Il finit par lui envoyer tout ce qu'il a trouvé et raccroche.

Amandine regarde tout ce que son cousin lui avait envoyé, mais rien du côté de son ex-femme, mais du côté de Mathieu.

- déménagement loin du domicile conjugal

- Aucun enfant

- Affaires classées sans suite

- Réorientation professionnelle

Elle comprit que quelque chose n'allait pas, mais elle ne savait pas quoi, elle essaye de comparer tous les documents, mais c'est comme s'il manquait la pièce principale mais laquelle.

De son côté une fois avoir récupéré sa collègue Olivia et Marc roule en direction de chez Charline la personne qui est en commun avec les victimes. Une fois arrivée devant le domicile où le GPS indiqué.

Une très jolie maison en pierre assez simple, de taille moyenne avec des jouets d'enfants à l'extérieur.

Au moment où ils s'avançaient en direction de la porte une jeune femme en sortie.

- Bonjour je peux vous aider ?

- Bonjour Madame vous êtes Charline ?

- Oui, mais vous êtes qui ?

- Commandant Marc et voici ma collègue Olivia. Nous avons quelques questions à vous poser sur Elsa Sampere et Claire Norek s'il vous plaît.

- Oui très bien, suivez-moi on sera plus à l'aise à l'intérieur.

- Sa tête me dit quelque chose je l'ai déjà vu quelque part mais j'arrive pas à me souvenir d'où. (dit Marc à Olivia).

Chapitre 5

- Je vous écoute, qu'est-il arrivé à ces jeunes femmes?

- Elles ont été tués, et nous avons trouvé votre numéro de téléphone chez les deux victimes, donc on recherche des précisions qui ont pu nous échapper, ce que je veux dire c'est que tout ce que vous me direz nous aidera à avancer dans l'enquête.

Pendant que Olivia interroger Charline, Marc lui inspecte la maison et cherche des preuves à fin de pouvoir relier nos deux enquêtes.

- Dites-moi Charline, quel est votre nom de famille s'il vous plaît ?

- Je m'appelle Charline Lacroix.

- Très bien, vous vivez seule ici ?

- Non j'habite avec mon mari et mon fils.

- D'accord, dites-moi, vous aviez quel rapport de relation avec Elsa Sampere ?

- Aucune, je ne la connaissais pas.

- Pourtant vous lui avez bien passé des coups de téléphone si je me trompe pas.

- C'est exact, mais je vous assure ça ne me dit rien du tout, ou alors c'est une personne où j'ai acheté des choses sur internet mais c'est tout ce que je peux vous dire.

- Voici une photo d'Elsa. (Elle tend la photo et la pose sur la table).

- Sa tête me dit quelque chose, oui j'ai dû la rencontrer mais je ne serai pas vous dire pourquoi désole.

- Très bien et Claire Norek ? Comment la connaissez-vous.

- C'était la secrétaire de mon médecin.

- Votre Médecin était le docteur Moreau ? (Très surprise)

- Oui, c'est exact. La secrétaire m'avait donné son numéro, pour des infirmières à domicile elle était aussi qualifiée pour ça.

- Donc Claire a été votre infirmière à domicile c'est exact ?

- Oui.

Dans la maison Marc parcours toute la maison, les livres, les photos avec des têtes familières mais il n'arrivait pas à mettre des prénoms dessus.

Il parcourut à l'étage et trouver un sac à dos noir caché dans la penderie au fond mais pas assez enfoncé, il attrapa et l'ouvrir.

À l'intérieur il découvrit le foulard d'Elsa celui qu'elle avait perdu le jour de sa disparition.

Marc le mis sous scellés, et ouvre la porte qui se trouver devant lui, une chambre simple, la chambre des parents.

De l'autre côté une autre chambre mais cette fois si plus chargé, elle était remplie de jouer, avec un petit lit pour enfants.

Marc interrompu la discussion entre Olivia et Charline.

- Excusez-moi à qui appartient ce sac ?

- Je ne sais pas pourquoi ?

- Je l'ai retrouvé planqué au fond de la penderie en haut des escaliers, comme si quelqu'un voulait le cacher.

- Je ne sais pas on a dù le déposer là parce qu'on avait plus de place, et de toutes façons on allait ranger la penderie d'en haut.

- Vous permettez qu'on le prenne ?

- Non allez-y prenez-le.

- Très bien, ça sera tout on va juste vous demander de rester à la disposition de la police s'il vous plaît.

- Très bien, bonne journée à vous au revoir.

Il sortit de la maison tous les deux, une fois les deux agents dans la voiture marc a pris la parole.

- À l'intérieur il y a l'écharpe que porter Elsa le jour de sa disparition.

- D'accord et tu crois que c'est elle la tueuse ?

- Je sais pas, c'est quand même troublant cette histoire, on n'a aucun indice pas d'empreinte, mais le même mode d'opératoire. Et le seul témoin qu'on a, connais nos deux victimes. Et on retrouve ça à l'intérieur de chez elle, c'est quand même troublant.

- Je l'admets c'est bizarre tout ça, faut rentrer et faire un point avec le groupe et surveiller cette Charline.

Une fois la voiture de police sortie du portail, Charline regarde par la fenêtre pour vérifier qu'il soit bien parti, une fois avoir vérifié elle monte vite dans sa chambre.

Au même moment une voiture arrivée et se gara.

- Charline je suis rentré.

- Enfin tu en as mis du temps.

- Calme toi, qu'est-ce qui se passe, j'ai juste fait les courses comme d'habitude.

- La police est passé, et ils m'ont interrogé et ils ont trouvé le sac (crise de panique).

- Et Charline calmes-toi viens-la (Câline) chute calme toi parle doucement s'il te plaît.

- La police est venue m'interroger au niveau d'Elsa et Claire.

- Et tu leur as dit quoi ?

- Que je les connaissais pas plus que ça.

- D'accord, et après ?

- Après ils ont retrouvé le sac avec l'écharpe d'Elsa à l'intérieur et ils ont pris.

- Je t'avais dit qu'il ne fallait pas le garder ce sac.

- Et toi des nouvelles de ta cousine ?

- Oui, elle m'a appelé ce matin, donc je lui ai donné ce que je pouvais mais j'ai élargi pour pas que ça nous retombe dessus.

Une fois arrivé au commissariat Marc donne le sac au légiste pour qu'il analyse, afin d'avoir des traces d'ADN ou même, une empreinte. Pour le moment ce sac était sans doute la seule piste qui pouvait les aider. Arrivé au bureau il demande si tout le monde avait trouvé des nouvelles choses.

- J'ai fais des recherches sur Charline Lacroix, elle n'est pas mariée, je n'ai rien du tout sur cette femme, on dirait qu'elle est arrivé de nulle part. (dit Tom).

- Comment ça ? Vous avez même pas son ancienne adresse, un enfant ?

- Alors j'ai épluché tout ça, et non je n'ai pas d'enfants en vue, son adresse n'est pas à son nom mais à celui de Maxime Dupont.

- Pourtant il y a plein de jouets d'enfants chez elle et ce Maxime tu as fait des recherches ?

- Oui, alors le problème, c'est que lui c'est quelqu'un que vous connaissez.

- Comment ça ?

- C'est le cousin de votre compagne.

- …. (Choqué).

Au même moment le légiste arrive dans la salle.

- J'ai trouvé l'ADN d'Elsa un peu partout sur le foulard donc il n'y a pas de doute c'est bien le sien, par contre pour le reste, toutes les traces que j'ai trouvées sont toutes à la même et une seule personne Mathieu Moreau.

- Jusque-là ça se tenait mais pourquoi on a retrouvé ce sac chez Charline et Maxime ?

- Vous me fouiller tout chez eux, relevé bancaire, relevés téléphoniques, je veux tout. (Dit Marc).

Il cherchait sans relâche, en essayant de comparer dossier après dossier, les relevés qui s'imprimer un par un, toutes les opérations effectuées ces derniers mois.

Les lieux qui sont pus fréquenter, leurs relations amicalement, à partir de quel moment ils sont rentrés en contact.

- Marc vient voir (dit Tom).

- Qu'est-ce que c'est ?

- C'est le déplacement de Maxime Dupont, il n'a pas bougé de chez lui depuis plusieurs mois.

- Il a bien dû sortir, ce n'est pas possible. Et Charline ?

- Et bah elle, je n'ai rien du tout pour la localiser, donc elle n'a pas de téléphone ni rien.

- Ce n'est pas possible, qui sont-ils ? On peut pas vivre h24 chez soi ce n'est pas possible.

- Moi j'ai les relevés téléphoniques dit Olivia. Le dernier appel passé par Maxime était ce matin et à sa cousine Amandine Dupont.

- C'est la seule de la journée ?

- Oui, il n'a aucune communication avec personne d'autre qu'Amandine.

- Les relevés bancaires ça donne quoi ?

- Rien, il ne paye pas le loyer, rien de plus pas de transaction bizarre.

- Très bien je vais interroger Amandine, à demain.

Marc est de plus en plus perplexe, cette femme Charline lui faisait penser à quelqu'un mais il n'arrivait pas à mettre un nom sur ce visage.

Cette enquête devenait de plus en plus bizarre, plus les pièces du puzzle s'assembler, plus il manquait les liens entre chaque victime.

Au moment où Marc rentra dans son appartement il aperçoit Amandine rangeait un dossier entre une pile de livres.

- Tu caches quoi Amandine ?

- Tu m'as fait peur, tu es déjà rentré.

- Oui, c'est quoi ce dossier

- Rien d'important je fais quelques recherches de mon côté tout simplement.

- Amandine, il faut que je te pose quelques questions.

- Comment ça ? À propos de quoi, tu m'inquiètes là ?

- Assieds-toi s'il te plaît il faut qu'on discute de ton cousin Maxime Dupont.

- Je t'écoute.

- Tu l'as eu quand pour la dernière fois au téléphone ?

- Ce matin pourquoi?

- Il va être entendu dans notre affaire, et tu es le seul numéro qui revient régulièrement.

- C'est impossible, il habite à l'étranger.

- Et, tu sais s'il a une copine ?

- Non je crois pas mais pourquoi toutes c'est question ?

- Aujourd'hui nous avons interrogé une témoin, qui était seule quand on est arrivé, mais il y avait des photos de ton cousin partout, et la maison est au nom de ton cousin.

- Je comprends pas ce n'est pas possible.

- Es-tu sûre que tu n'étais pas au courant de son retour en France ?

- Pas du tout, c'est absurde.

Une fois la conversation terminée, Amandine parti dans la salade bain afin de prendre une douche et se vider la tête.

Et à ce moment-là Marc comprit que c'était sa seule chance de vérifier ce qu'elle venait de cacher quand il était rentré.

Il alla à la bibliothèque et soulever les livres pour en sortir un dossier assez chargé, il ouvra et n'en croyait pas ses yeux, il regardait toutes les notes, les papiers, il examina tout à la recherche d'un indice qui pouvait l'aider dans son enquête.

Amandine sortie de la salle de bain et voix Marc regarder son dossier sur Mathieu, et rester sans bouger, elle ne savait pas s'il elle devait dire quelque chose.

- Pourquoi tu m'as jamais dit que tu as enquêté sur Mathieu ? Dit Marc en se retournant sur Amandine avec le dossier.

- Peut-être parce que je sais que je n'ai pas le droit, et que tu allais m'en vouloir.

- Amandine, c'est génial tu as trouvé ce que nous on galère à trouver.

- Ah bon ? Donc tu m'en veux pas d'avoir enquêté dans ton dos?

- Non, enfin je devrais, mais non. Si tu es d'accord on peut mettre en commun nos dossiers.

- Tu veux dire que je peux travailler avec vous ?

- Si tu l'acceptes bien sûr ?

- Oui, oh merci Marc je pensais que tu allais m'en vouloir, je m'habille et on y va.

Une fois arrivé au commissariat, Marc convoqua tout le monde dans la salle pour un débriefing, il présente Amandine à ses collègues qui sont ravies de la rencontrer et l'acceptent au sein de l'équipe. Et l'enquête repartie avec des nouveaux éléments.

- Alors nous avons trouvé que Mathieu avait démangé et qu'il était parti loin de son domicile conjugale. (dit Amandine)

- Moi je viens de trouver le fameux lien entre Elsa et Claire, elle était son avocate.

- Pour quelle raison ?

- Tenez-vous bien, Claire était en procédure contre Mathieu car il profiter d'elle. (dit Olivia)

- On a tout qui accuse Mathieu, mais on n'a pas de mobile.

- On peut supposer que Mathieu était l'amant d'Elsa et qu'il n'a pas supporté être pris à son propre jeu sexuel, elle le faisait chanter, il n'a pas supporté et les a tués.

- D'accord mais ça tient toujours par la route, y a autre chose.

- Ecoutez je pense que nous avons bien bossé ce soir, et je vous propose de rentrer chez vous, vous reposer, on reprendra demain.

- Bonne nuit et à demain les gars, on y va chérie?

- Je te suis Marc.

Chapitre 6

Ce matin-là, la tension était lourde au petit déjeuner, Marina arriva dans la cuisine et embrassa sa fille sur le front et ignore son mari.

Mathieu quand à lui est en train de tartiner sa tartine et de prendre son café sur la terrasse, il essaya d'attirer Marina dehors, mais sans réponse. Elle prit sa tasse et s'assit à côté de sa fille.

- Ça va ma chérie ? tu as quoi comme cours aujourd'hui?

- Oui merci, tu as mon planning sur le frigo si tu veux, je dois y aller j'ai cours bisous

- Bisous, passe une bonne journée à ce soir.

Mathieu en profiter pour se lever et se diriger vers la cuisine, et s'assoit devant Marina.

- Mon amour on peut discuter ?

- Alors le « mon amour » étant trop !!! Et tu veux parler de quoi ?

- De l'ambiance qui n'est pas vivable, de tout ça.

- On est dans cette ambiance à cause de qui à ton avis ?

- Je sais , j'ai merdé et j'aimerai me faire pardonner mais tu me laisses aucune chance.

- Mais tu es sérieux Mathieu? Tu me trompes, tu caches ton enfant ici, tes suspecté de meurtre et je dois te PARDONNER, tu te moques de moi j'espère ?

- Je suis désolé Marina, excuse-moi pour tout, je vais te laisser je pars au cabinet.

- Je m'en fous de tes excuses, et puis qui sait si tu vas vraiment au cabinet.

Mathieu parti de la maison, et s'installa dans sa voiture, il était mal, et avait honte de ce qu'il avait fait. Il démarra et partit au cabinet.

Il arrivait au bout de 20minutes de trajet, y avait personne ce matin sur la route, il rentra dans l'immeuble, et aperçut la nouvelle secrétaire ou il cacha un bref sourire, il se dirigea ensuite dans son bureau, et son planning affiché zéro consultation.

À vrai dire avec ces bruits qui court comme quoi il aurait violé et tué deux femmes étaient partout, donc toutes les patientes ne voulaient plus avoir affaire à leur médecin traitant.

Une demi-heure pas ça est la nouvelle entra dans le bureau après avoir frappé à la porte, mais n'avait pas attendu la réponse du médecin.

Elle était brune, assez grande elle porte un jean bleu avec un chemisier noir, une paire de baskets aux pieds et un chignon sur la tête.

Elle essaye d'attirer l'attention du médecin, en faisant des signes, des sauts, après vingt bonnes minutes, Mathieu le va la tête.

- Excusez-moi je vous ai pas entendus rentrer, qui a-t-il ?

- Non ce n'est pas grave, y à rien d'important je voulais me présenter à vous, vu que j'ai eu le temps de me présenter à tout le monde sauf à vous. (souris)

- Ah oui, excusez-moi, Mathieu Moreau Médecin généraliste, bienvenue à vous.

- Merci, moi c'est Léa.

- Très bien, vous avez déjà fait un stage ici ou travaillé auparavant avant aujourd'hui ?

- Non pourquoi cette question?

- J'ai l'impression de vous avoir déjà vu.

- Ah je suis désolée je pense que vous devez faire erreur, ou vous tromper. Je retourne à l'accueil j'ai du travail à faire, ravi de vous avoir rencontré.

Elle repartit à son bureau, il sentait comme quelque chose qui n'allait pas, il est sûr de la connaitre mais ne se rappelle pas d'où. Il envoie un message à son ami Nicolas pour avoir plus d'informations sur cette nouvelle secrétaire.

Une fois retournée à son bureau elle s'est mis sur son fauteuil, et allumer son ordinateur ainsi que le deuxième écran qui était sur son bureau, sur cet écran est installé trois caméras dans trois coins différents du bureau de Mathieu où elle observa le fameux médecin qui envoyer un sms, malheureusement aucune caméra était installé dans cette direction.

Elle sortit son téléphone de sa poche est envoyé un sms à son tour en disant que le travail a été effectué, elle précise aussi qu'elle avait le médecin dans tous les angles possibles.

L'heure de sa pose à 16h, elle mettait son ordinateur avec les caméras en veilles afin de cacher l'écran, et sorti dehors avec un paquet de cigarettes et son téléphone. Au moment où Mathieu la vie sortir il courra aussi vite pour aller à son bureau et le fouilla, il cherche désespérément à fin de trouver un indice qui peut l'aider à identifier cette Léa, mais rien, pas un papier ni aucune photo sur son bureau qui était un peu trop professionnel à son goût.

Il décida alors d'allumer les ordinateurs, le principal s'alluma direct alors que le deuxième il lui fallait saisir le mot de passe, tant pis il laissa tomber cet écran et regarda directement dans l'ordinateur principal mais ne trouve rien à part les consultations des trois médecins qui travaillait dans le cabinet. Il entendit que la première porte s'ouvre donc il ferma tout, et retourna dans son bureau.

Léa réapparaît en lui lançant un simple sourire et se remit à son bureau.

Pendant ce temps-là, à la maison Amandine était passé voir comment allait son ami après tous ces évènements.

- Alors comment tu vas depuis tout ça ?

- Comment tu veux que je me sente, je sais pas trop ce que je dois penser de tout ça.

- Nous avons beaucoup avancé sur l'enquête, on coince juste au niveau des rapports entre les victimes et les suspects.

- Comment ça? Tu travailles avec la police maintenant ? Pourquoi tu ne m'as rien dit, tu imagines ce que je vis depuis le début de cette histoire.

- Je suis désolé je n'ai pas le droit de te dire quoi que ce soit sur l'enquête.

Marina était déboussolée elle comprenait pas pourquoi du jour au lendemain sa famille était parti en fumée, son mariage ainsi que le comportement de Mathieu elle n'avait jamais connu comme ça, alors pourquoi soudain avoir le comportement qui a changé.

Elle réfléchit ça et essaye de trouver la solution à ces questions, mais comprenait pas, elle en discutait avec Amandine, qui elle essayer à son tout de lui faire rappeler des choses avant tous ça, même si ça remonte loin, elle réfléchisse.

Marina se diriger vers la bibliothèque qui était remplie de livres mais Mathieu enlisé qu'un sans savoir pourquoi. Elle le sortit et le montre à Amandine, qu'il attrape le livre et l'ouvrit, le secoua à la recherche de quelque chose, une photo, un texte. Mais rien a par des taches sur le livre rien de plus, elle demande à son ami si elle pouvait le prendre et l'amener au commissariat pour le faire examiner.

Amandine sorti avec le livre dans une poche à fin de pas faire disparaître des empreintes si y en a, elle est montée dans sa voiture et parti en direction du commissariat, elle était persuadée que ce livre avait quelque chose d'important pour lui, et qu'on se rapprocher de lui pour l'arrêter.

Une fois garée sur le parking du commissariat elle entre au niveau du hall d'entrée est monté au premier étage afin de rejoindre Marc et ses collègues.

- Marina m'a donné ce livre, elle s'est rendu compte que Marc acheté beaucoup de livres mais lisez que celui-ci

- D'accord, tu l'as ouvert tu as trouvé quelque chose ? Demande Marc

- Non, je n'ai rien trouvé dessus, mais il est un peu taché, je pense que si on le fait examiner on peut trouver quelque chose?

- Amandine on ne peut pas effectuer des recherches comme ça, c'est juste un livre. Continue Marc

- Mais pourquoi il achète autant de livres, pour lire toujours le même ça n'a pas de sens s'il te plaît fais-moi confiance ?

- Elle a raison c'est absurde, pourquoi lire que celui-ci, alors qu'il en achète d'autres, donne-moi le livre je vais l'apporter. Dit Olivia

Au même moment Mathieu rentra du boulot en attendant un message de Nathan, il a perçu Marina faire le ménage mais elle refusa de lui faire un signe.

Il alla dans la cuisine se faire un café qui était mérité après cette journée éprouvante, il s'essayait dans le canapé où il allume la télévision, il faisait ça tous les soirs depuis que sa femme ne lui adresse plus la parole sauf que là ce n'était pas le même soir que d'habitude il a perçu dans la bibliothèque un trou, un livre manquait, mais pas n'importe lequel c'était son livre. Il de visage Marina de loin, est devient d'une colère, il attrapa la télécommande éteignez la télévision pris son téléphone et partit tout au fond du jardin est compose le numéro de Nathan.

Après trois appels il répondit enfin.

- Enfin, heureusement que c'est une urgence !!!

- Salut Mathieu moi aussi je suis content de t'avoir au téléphone, que t'arrive-t-il?

- Mon livre a disparu!

- Oui et ? Tu vas chez le libraire et tu le rachètes je comprends pas ce qu'il y a de grave ?

- Ce n'est pas un simple LIVRE, c'est le mien, tu sais le fameux livre.

- QUOI ???

- Ça y est tu as compris.

- Mais comment tu as pu le perdre, enfin Mathieu, tu sais ce que ça veut dire ?

- Oui, je sais. Mais ce n'est pas moi, je pense que Marina la soie donner à quelqu'un sois là Jet...

- Je n'ai pas co.....

- ATTENDS!!!!! Marina n'a jamais pu le jeter car elle savait que je tenais à ce livre, elle a donné.

- Calme toi on va passer au plan B, tu me laisses gérer, j'appelle mon avocat et je m'occupe de tout. En même temps je t'envoie ce que j'ai trouvé sur cette Léa dans ta boîte e-mail.

Aussitôt dit Nathan transférer un email à Mathieu, et appela aussi son avocat pour se rendre au commissariat.

Une fois arriver sur le parking Nathan et son avocat se répéta le discours qu'il fallait faire devant les policiers, ils entrèrent dans le hall d'accueil et se prononcent afin de faire une déposition.

Il est desuite accueilli par Marc et son équipe il est ensuite passé en salle d'interrogatoire, ou pendant une heure et demie il avoua tous les meurtres un par un, avec chaque détail qui correspondait, expliquer aussi comment il avait caché le sac chez cette Charline, et expliqua sa raison. Au moment où il avoua, ils arrêter les analyses sur le livre et toutes les pistes envisageables.

Amandine ainsi qu'Olivia et Tom, ne comprenaient pas comment c'était possible, ni pourquoi maintenant il était venu se dénoncer. Mais Amandine ne croyait pas du tout a ses aveux, quelque chose ne collait pas. Elle attendit que Marc sortie pour lui en faire part.

Après une heure et demie Marc plaça Nathan en prison, et c'était au tour de l'avocat de jouer son rôle, il partit du commissariat est appelé une journaliste pour blanchir Mathieu de toute responsabilité et prépara l'agent pour sortir Nathan de là afin de bâcler un sceller et le faire disparaitre pour innocenter Nathan.

Marc retrouve tous ses collègues dans la salle de réunion.

- Bon je pense que tout le monde a compris, Nathan est venue se dénoncer lui-même.

- Non, je viens de relire le dossier Nathan ne peut pas avoir tué Elsa il n'était pas là!!

- Écoute Amandine, ça m'embête autant que toi d'être passé à coté de ça aussi, mais faut l'avouer.

- Ok alors pourquoi Maintenant ?

- Je sais pas, mais c'est comme ça bouclon l'affaire, et rendant les affaires personnelles à Mathieu.

Marc et Amandine récupérait tous les objets appartenant à Mathieu ainsi qu'à sa femme, et il passe dans le hall d'entrée pour terminer sur le parking il monter dans la voiture. Et il partir en direction de chez Marina et Mathieu, il se gara sur le trottoir. Une fois sur le palier Marc toc à la porte.

- Marc, Amandine, qu'est-ce qui se passe ?

- Bonjour Marina, on peut rentrer ? Demanda Marc

- Oui bien sûre, rentrée.

- Mathieu, tu peux venir on aimerait vous parler à tous les deux.

Tous les quatre étaient assis autour de table et Marc expliqua ce qui venait de se passer, La révélation de Nathan, sa disposition et sa garde à vue.

- Dons vous êtes en train de me dire que mon mari n'a rien à voir avec tout ça ? Dit Marina

- Oui on s'excuse du désagrément causé auprès de votre famille.

Marc et Amandine, repartir tous les deux en direction de chez eux.

Chapitre 7

Mathieu ramassé le livre sur la table pour aller le ranger à sa place dans la bibliothèque, et regarda Marina.

- Pourquoi as-tu donner ce livre ?

- Parce que, tu n'en lis aucun alors que tu en achètes pleins, c'est le seul que tu lis, donc j'ai trouvé ça bizarre, mais je m'en excuse.

- J'en veux pas de tes excuses

- Mathieu, je suis désolé d'avoir douté de toi pour ces meurtres.

- C'est bon, tu me parles pas depuis des semaines, tu ne me crois pas alors que je suis ton mari. J'ai besoin de respirer.

Et Mathieu parti à son bureau, après l'annonce des journalistes il reprit du boulot et son planning était plein.

Il sourit à la secrétaire qui sourit en retour, elle ne comprenait pas pourquoi ce revirement de situation. Et envoyait un sms, pour donner des nouvelles de ce qui se passe actuellement au boulot.

Mathieu attendait son prochain rendez-vous qui avait quinze minutes de retard, et regarder dans le coin il a perçu quelque chose de bizarre, et là il comprit que c'était une caméra, mais qui avait intérêt à lui mettre des caméras dans son bureau.

De leur côté une fois rentré chez eux Amandine se dirigea dans son bureau en colère, comment la situation avait put leur échapper surtout ainsi, ils avaient tout fait pour ne rien rater et lui il a débarqué comme ça, comme si on avait fait un appelle à témoin, pour elle ce n'était pas normal, elle suivie son instinct et ressortit le dossier qu'elle avait commencé toute seule en ajoutant tous les éléments trouvés durant l'enquête.

Marc quand à lui il se dirigea à son frigo, il prit une bière la décapsule, et se poser sur le canapé en allumant la télévision.

- Amandine ???

- Oui Marc, qu'est-ce qui se passe ?

- Tu veux pas venir te poser et arrêter d'être à cent à l'heure, on a bouclé l'enquête donc on peut se reposer un peut tu crois pas.

- Sérieux Marc? Tu crois vraiment que c'est lui le coupable? Enfin ya rien qui colle, certes tout correspond mais cela veut pas dire qu'il est a tué.

- Alors tu en conclus quoi ? Il sait tout, détails après détails sa peux pas être une coïncidence.

- Il sait qui est le coupable, et je pense qu'on se rapprocher du but, donc il a avoué à sa place afin d'arrêter l'enquête.

- Non je crois pas, laisse tomber et viens te reposer mon coeur tu veux bien?

- Non je suis désolé ce n'est pas possible, je dois aller vérifier quelque chose.

Amandine a repris son manteau et ses clés de voiture, elle s'installer et volant et se dirigea vers le commissariat, une fois arrivée sur le parking du commissariat elle se dirigea dans le hall d'entrée, et descendit les escaliers afin d'arriver dans le laboratoire d'analyses, plusieurs hommes et femmes sont sur leur ordinateur et aperçois Nadine leur scientifique, elle lui demander si avant qu'on lui dise de tout arrêter sur cette enquête, si elle as pu examiner le livre qu'elle lui avait apporté.

- S'il te plaît Nadine, j'ai besoin de ton aide.

- Je suis désolé tu ne fais pas partie officiellement de la police donc je n'ai pas le droit de te donner le résultat.

- Oui d'accord, mais je continue d'enquêter je suis sûre qu'il y a un malentendu, Nadine tu es la seule à m'aider là, je t'en supplie, je suis contre une enquête bâclée et une erreur judiciaire.

- Moi aussi je suis contre ça, attends-moi là.

Elle est partie au fond dans son bureau rechercher le dossier des analyses, et reviens vers Amandine pour lui donner ainsi que pour lui dire ce qu'elle a trouvé.

- Voilà ce que j'ai trouvé.

- Tu peux m'en dire plus, que je puisse comprendre s'il te plaît?

- C'est simple, ce n'est pas un livre comme les autres, j'ai observé un creux dans plusieurs pages.

- Comment ça ? Quand je l'ai ouvert je ne l'ai pas aperçu.

- Parce que c'est dans une dizaine de pages qu'il a fait ça, donc c'est-à-dire que si tu l'ouvres vite fait ça va faire comme si tu ouvrais un livre banal, sauf que si tu te penches dessus, on aperçoit un creux dedans.

- Il y avait quelque chose dans ce creux ?

- Une photo, tien.

- Cette photo on dirait l'ex-femme de Mathieu, tu as pu l'analyser ?

- Non je suis désolé vous m'avez dit d'arrêter avant, je t'ai tout donné.

- Merci Nadine tu es la meilleure.

Amandine reparti à sa voiture et regarde le dossier de Nadine, elle lit chaque feuille pour essayer de comprendre pourquoi cette photo était cachée là, qu'avait-t'elle de si important pour lui.

Elle met la clé dans le contact et démarra, en roulant elle réfléchissait pour trouver une hypothèse mais rien ne venait, il manquait quelque chose, une pièce du puzzle. Elle rentre chez elle est expliqué à Marc ce que Nadine lui avait dit quelques minutes auparavant, elle sortit son dossier est posé la photo afin de comprendre.

Marc ne comprend pas cet acharnement sur cette enquête que fait Amandine, certes Marina était sa meilleure amie, mais pourquoi elle continue, mais quand il vit la photo, tout de suite il comprit le rapprochement de deux suspects.

- Amandine tu as RAISON!

- Quoi ? Sur quoi ?

- L'enquête, tu as bien fait de t'acharner, je viens de me rappeler de quelque chose, quand j'ai été chez Charline j'ai aperçu exactement la même photo chez elle, attrape-moi sa déposition ainsi que sa photo, et celle de son ex-femme s'il te plaît.

- Elle lui sortit tout ce que Marc lui avait demandé

- Alors si on regarde bien les photos il y a quelques ressemblances, regarde d'où elle vient, lieu de naissance etc…

- On n'a rien, c'est comme si elle était apparu de nulle part.

- Ah oui c'est vrai attend.

Le téléphone à l'oreille, la sonnerie retentit, avec la nouvelle technologie on pouvait appeler deux personnes en même temps. Justement Olivia et Tom venaient de répondre, Marc venait de leur demander de venir les rejoindre et de prendre leur ordinateur et de se dépêcher.

Vingt minutes plus tard Olivia et Tom arrivent au domicile de Marc et Amandine, qu'ils leur font un débriefing du détail trouver dans le livre ainsi que la ressemble avec la photo de Charline, donc Marc donner des instructions à Tom qui doit aller chercher tous sur le passé de son ex-femme et Olivia tout ce qu'elle peut trouver sur Charline.

Quant à Amandine et Marc il fouilla dans leur dossier avec le peu d'élément qu'ils avaient afin de mettre tout en commun. Après trente minutes de recherche intense, ils mettent en commun les premières choses trouver.

- Olivia on t'écoute tu as trouvé quoi sur cette Charline ?

- Pas grand-chose, tous ce qu'on sait déjà, donc je me suis mis directement à enquêter sur son compagnon Maxime Dupont, il a fait le tour du monde, je ne sais toujours pas comment il a rencontré cette femme, il n'y a aucune trace d'elle sur ses réseaux sociaux, et comme on sait déjà, c'est la seule à avoir une ligne téléphonique.

- Très bien continue de chercher. Dit Marc

- Alors, elle avait 23 ans quand elle est décédée, elle est morte au domicile conjugal mais je n'arrive pas à trouver son autopsie, je cherche, mais y a pas non plus là où elle a été enterrée. Par contre j'ai une photo d'elle à 23 ans

- D'accord, il faudrait faire une reconnaissance faciale, Amandine appelle Nadine s'il te plaît on a besoin de son aide.

- Très bien, Olivia dis-nous tout sur ce Maxime.

- Il a trempé dans des affaires louches, j'ai épluché ses réseaux sociaux et tout montre qu'il n'a jamais réellement voyagé, il est toujours resté par ici, par contre rien en rapport avec Charline.

- Très bien, continu, vous faites du bon boulot les gars.

Après le débriefing tout le monde se remit au boulot, ils cherchaient sans relâche, Nadine arrivé au bout d'une heure avec son matériel et Marc lui donna les deux photos à analyser.

Nadine à lancer les analyses, et tout le monde attendait avec impatiemment les résultats.

Vingt minutes passées, et toujours pas de réponse.

- bingo ! Crie Nadine

- Tu as trouvé quoi ? Demanda Marc

Avec les regards de tous ses camarades fixés sur elle.

- Et bien autant vous dire, qu'heureusement qu'Amandine a voulu continuer cette affaire. Le teste révélé qu'effectivement Charline et Christelle sont bien et belles la même personne.

- Sérieux? Demande Olivia, mais comment c'est possible ?

- Tout simplement car elle a juste changé d'identité pour essayer de fuir son mari sans doute.

- Nous pouvons rouvrir l'enquête, convoquer cette Charline ainsi que Maxime Dupont et Mathieu.

- Attendez ce n'est pas tout, je viens de voir que le médecin qui a conclu la mort de Christelle à l'époque c'était Maxime Dupont ! Dit Tom

- Voilà on le tient le contacte entre eux, très bien bon boulot les gars demain à la première heure je veux tous les suspects dans mon bureau. Bravo ma chérie d'avoir l'instinct policier et d'avoir senti qu'il y avait un problème.

Tout le monde est parti et rentrer chez eux. La nuit passée tout le monde se retrouve au commissariat, est Tom et Olivia s'était divisée en deux équipes afin d'aller chercher nos trois suspects, qui étaient, tous séparés dans une salle d'interrogatoire séparer à fin de ne pas avoir le même témoignage.

Marc et Amandine, fait un bref rapport avec Olivia et Tom qui avait placer chaque suspect séparé, et Marc préféra commencer par Charline.

Une fois arrivé devant la porte il prit un grand air d'inspiration.

- Madame Lacroix Bonjour.

- Bonjour, je peux savoir pourquoi je suis là ?

- Oui nous allons en venir rapidement. Connaissez-vous Mathieu Moreau ?

- Non je voulais déjà dit, et puis je croyais que le coupable avait été arrêté ?

- C'est exact, mais nous voulons juste vérifier quelque petits trucs, donc vous nous avez affirmé ne pas le connaître c'est exact ?

- Évidemment, pourquoi je mentirais ?

- Peut-être parce que vous êtes Christelle Moreau son ex-femme sois-disant décédée .

- Je comprends pas, qui est cette Christelle, vous faites erreur je suis désolé.

- Très bien, on s'attendait à cette réponse, voici les correspondants de Christelle et de vous qui sont positifs à 100%.

Elle se fige, son visage était devenu tout pâle, elle avait demandé un verre d'eau et se sentait moins à l'aise qu'au début de l'interrogatoire.

- C'est pas du tout ce que vous croyez. Réponds Charline

- Alors, on vous écoute. Dit Marc

- Oui … Je suis bien Christelle Moreau, enfin j'étais.

- Pourquoi avoir changé d'identité et surtout avoir fait croire à votre mort.

- Pour protéger mon fils.

- Pouvez-vous nous raconter s'il vous plaît.

- Quand j'avais 23 ans, j'étais mariée à Mathieu Moreau, et j'étais enceinte d'un mois, Mathieu était un homme brillant, il avait tout pour lui, mais il avait vécu une enfance difficile à cause de ses parents, et puis un jour il est rentré contrarié, il est devenu complètement fou, il a commencé à me frapper et… Elle repris difficilement son histoire après quelques minutes et une gorgés d'eau.

- Il a essayé de me violer, je l'ai repoussé violemment et je me suis enfermé dans la salle de bain à double tour, c'était la seule pièce où on ne pouvait pas forcer la serrure. Je ne l'avais jamais vu dans cet état et ce jour-là je voulais lui annoncer ma grossesse. Une fois qu'il s'est calmé il s'est excusé.

- Et il a recommencé n'est-ce pas ? Reprends Amandine

- Oui (pleure) et c'est là que j'ai eu cette idée, une fois qui m'avait frappé je suis tombé par terre et j'ai fait comme si je ne respirais pas, je faisais de l'panée à cette époque. Et c'est Maxime qui travaille chez les pompiers qui m'a embarqué pour l'hôpital, une fois dans le camion et qu'on était que tous les deux je lui ai tout dit pour qu'il me sauve, et il a fait.

- D'accord, mais pourquoi êtes-vous revenu ? Et pourquoi avoir un sac avec l'écharpe d'une victime et les empreintes de Mathieu dessus ?

- Je n'ai jamais revu Mathieu depuis 10 ans. Je sais pas, je savais pas qu'on avait ce sac.

Marc et Amandine ont compris qu'elle dirait plus rien donc il se dirigea dans la salle d'interrogatoire où se trouvait Maxime, Amandine n'avait pas le droit d'y aller donc elle échanger sa place avec Olivia qui elle se trouver dans la salle cachée derrière la vitre pour suivre l'interrogatoire.

- Bonjour Monsieur Dupont.

- Bonjour, comment va Charline elle va bien ?

- Oui ne vous inquiétez pas, on a quelques trucs à éclaircir vous voulait bien m'aider ?

- Oui à propos de quoi ?

- Depuis combien de temps connaissez-vous Charline ?

- Depuis 10 ans maintenant mais pourquoi cette question ?

- C'est vous qu'il avait aidés à changer d'identité ?

- Oui, c'était une femme battue qui était enceinte quand je l'ai rencontré, je suis tombé amoureux dès que je l'ai vu, donc je les aidais.

- Connaissez-vous Mathieu Moreau ?

- Non qui est-ce ? Vous arrêtait pas de me parler de lui mais je ne connais pas ce gars.

- Mathieu Moreau est l'ex-mari de Charline, c'est lui.

Il lui tendit une photo.

- Quoi ? C'est une blague, c'est lui ce fils de p***** !

- Donc vous l'avez déjà vu ?

- Il était chez nous il y a un mois, dès que je suis arrivé Charline lui a demandé de partir, et m'a juste dit que c'était un livreur qui lui apporter un colis.

- Et c'est tout? Vous, l'avez cru ?

- Je n'avais aucune raison de douter d'elle, et puis elle avait toujours des colis à chaque passage de cet homme.

- Vous savez ce qui la portée ?

- Je peux pas vous dire, je me douchais à chaque fois que je sortais le colis avait disparu.

- Très bien merci de votre aide.

Marc et Olivia sortie Amandine et Tom les rejoignent à fin d'essayer de trouver une tactique pour faire parler Mathieu, nous avons son passer mais pas le présent, ce qui était peu satisfaisant aujourd'hui pour l'inculpé car y a prescription. Il arriva devant la porte de la salle, et Marc et Amandine rentrer dans la salle.

- Monsieur Moreau, quel plaisir de vous revoir.

- Commandant, vous savez que c'est de l'acharnement ?

- Non, car nous avons plusieurs points à éclaircir, et on a besoin de votre aide.

- Alors si c'est la seule chose pour que vous me foutez la paix je vais répondre à toutes vos questions. Je vous écoute.

- Vous connaissez Charline Lacroix ?

- Non, je ne connais pas, pourquoi je devrais ?

- Arrêter de jouer Mathieu. (Il lui pose la photo sous le nez) Et maintenant vous la connaissez pas ?

- Christelle !!!

- Donc vous la reconnaissez.

- Oui, enfin elle s'est jamais appelé Charline devant moi, je vous assure.

- Comment vous l'avez retrouvé ?

- C'est elle qui ma appelé elle voulait me voir.

- Et pourquoi ?

- Parce qu'elle voulait me dire quelque chose d'important, mais quand je suis arrivé son mari était là et elle ma demandé de partir.

- Et les colis que vous apportez à chaque fois c'est pourquoi ?

Il reste silencieux, de peur de trop en dire, donc Marc reprit l'interrogatoire.

- On sait que tu étais un homme violent et tu l'as frappé y a 10 ans et que c'est pour ça qu'elle est partie, on sait tous donc dis nous la vérité.

Mathieu s'effondre dans ses mains, et ne peut plus prononcer aucun mot il était blessé, trahi. Il n'était plus lui-même, et s'est effondré pendant plus d'une heure dans la salle d'interrogatoire.

Marc et Amandine avaient rejoint ses collègues dans les bureaux afin de tout mettre sur le tableau pour relier l'affaire, voir les pièces qui manquaient. Il ne manquait que le mobile de Mathieu.

- Je pense que ça a duré lui faire un choque de revoir sa femme 10 ans après, alors qu'il avait fait son enterrement, et qu'il a dû se reconstruire. Dit Amandine

- D'accord, mais elle est partie, car il était violent avec elle. Réplique Olivia

- Je suis d'accord, mais elle a précisé qu'il n'était pas comme ça au début, que ça s'est passé longtemps après.

- Tu en penses quoi Amandine ? Demande Marc

- Je pense qu'il s'est passé quelque chose à ce moment-là et que c'est ça la clé de notre affaire.

- Et pour les cartons? Demande Olivia

- Laissons tomber, ça peut être pour le petit, ou pour s'excusez lui-même.

Maxime est Charline se retrouve dans le hall de l'entrée du commissariat, et c'est pris dans les bras, il repart à bord de leur voiture et disparaît du parking, Marc et ses collègues descendent à la cafétéria est prise un café à fin de réfléchir correctement.

Amandine réfléchissez, mais trouve rien pour essayer de faire évoluer l'enquête au stade où ils en sont.

- il faut relâcher Nathan, il n'a rien fait et on le savait depuis le début. Dit Amandine.

Elle jeta sa tasse un plastique dans la poubelle qui se trouve juste à côté de la cabine à café, sans un mot elle partit et remonter le hall d'entrée, prit ses clés montées dans sa voiture et parti, son téléphone sonner et afficher Marc mais elle le laissa sonné, plusieurs appels manqués mais toujours rien. Elle arriva sur son parking s'allonge sur son canapé et fini par s'en dormir.

Chapitre 8

Dès le lendemain matin au commissariat Marc, Olivia, Tom et Amandine, seraient partis chacun ses tâches, ils aller fouiller le cabinet médical.

- Je pense que dès le début nous n'avons pas cherché au bon endroit, si on n'a pas trouvé tant de preuve chez lui, mais que tout l'accuse il faut aller à son cabinet !!! Dit Amandine.

Tout le monde accepté et partait deux dans chaque voiture, suivi de leurs collègues scientifique.

Il roulait à toute vitesse, pour éviter que quelqu'un efface ou supprime des preuves. Arrivé sur le parking, Amandine emboîter le pas de ses collègues et ils ouvrir la porte, et Marc prit la parole.

- Personne ne bouge, je veux tout le monde dans la salle d'attente, et ne touchez plus à rien.

La secrétaire surprise n'a pas eu le temps de verrouiller son ordinateur et se précipita dans la salle d'attente ainsi que les trois autres médecins qui travaillaient ici, Mathieu quand à lui n'était pas encore arrivé.

Tom s'occupe des ordinateurs de la secrétaire, il fouilla et trouve juste les plannings, et les ordonnances ainsi que les coordonnées des patients, quand il bouge la deuxième souris il était stupéfait envoyant toutes ces caméras dans le bureau de Mathieu, il fouilla et trouvera tout un dossier sur lui ainsi que sur les victimes qui sont décédées.

- Marc !

- Oui Tom, qu'est-ce qui se passe ?

- Je pense qu'on a quelque chose là.

Marc demande à ses officiers d'embarquer Léa la secrétaire, qui se débat même pas, quant à Olivia et Amandine, elles étaient dans le bureau de Mathieu, elle fouilla partout. Olivia a trouvé une clé scotchée sous le bureau et trouve un tiroir fermé à clé, donc elle inséré la clé, et en ouvrant elle découvrit un portable prépayé, des photos d'Elsa et lui et de Claire et lui, toutes les pièces à conviction étaient là.

Elle donne le portable à Olivia qui elle l'examina, et à l'intérieur découvrez tous les messages avec Nathan, mais aussi se avec son ex-femme.

- Marc, faut que tu viennes voir ça.

- C'est à Mathieu ?

- Lis....

Marc redonné le téléphone à Olivia et appel deux de ces gars, et leur ordonna de se rendre au domicile de la famille Moreau pour arrêter Mathieu, une fois ces deux hommes partis, il en appela deux autres, et eux avaient pour mission d'aller chercher Charline Lacroix.

Une fois la fouille terminée, il embarque tout ce qu'ils avaient découvert, et remercié les médecins de leurs compréhensions.

Une fois de retour au commissariat, Tom partie examinait les ordinateurs ainsi que le téléphone de Léa, quant à Marc et Amandine, ils se diriger en salle d'interrogatoire, pour parler avec Léa la secrétaire.

- Bonjour, Léa ? C'est bien ça ?

- Oui.

- Vous savez pourquoi vous êtes là, n'est-ce pas?

- Oui, je pense.

- Très bien, alors on ne va pas tourner autour du pot bien longtemps, on peut savoir pourquoi y avaient des caméras sur votre ordinateur, qui espionné Docteur Moreau ? Dit Marc.

- Je peux rien vous dire sur ça. Oui j'ai placé des caméras dans son bureau, mais je peux rien dire désolé.

- Comment ça vous pouvait rien dire? Vous, vous foutez de moi, vous êtes suspecté de complicité de meurtre donc c'est vous qui voyez!!!

- Marc calme toi. Dit Amandine.

- Dites-moi Léa, quel est votre nom de famille, car on le trouve pas, c'est bizarre non ? répliqua Amandine.

À ce moment-là Tom les appelant.

- Euh excusez-moi de déranger, mais faut que vous veniez voir ce que j'ai trouvé c'est assez urgent.

Marc et Amandine se levèrent et partirent en courant, pour rejoindre Tom et Olivia.

- On t'écoute, dis-moi que tu as quelque chose s'il te plaît.

- Alors ce n'était pas facile, car Madame s'y connaît très bien en informatique, mais j'ai réussi à craquer son ordinateur. Et le meilleur c'est que Madame s'appelle Léa Lacroix!!!

- Attends-tu veux dire que c'est la soeur de Charline ?

- Alors oui c'est exact, j'ai vérifié et elles sont bien soeur, de plus, elle parle souvent à sa soeur, car c'est elle-même qui lui a dit de placer les caméras.

- Parfait merci Tom, tu as fait du très bon boulot bravo.

Tom et Amandine, se précipitèrent et avait enfin les preuves contre elle, ils sont rentrés dans la salle, et voient la petite Léa détendu.

- Léa Lacroix ? C'est bien votre nom. Dit Marc

- Quoi ? Non, enfin….. comment vous savez?

- Écoutez on a réussi à rentrer dans votre ordinateur, et autant vous dire qu'il était beaucoup plus bavard que vous.

- Pourquoi votre soeur vous as demandé d'installer des caméras dans le bureau de Mathieu ?

- Je ne dirai plus rien à partir de maintenant.

- Très bien, nous allons aller voir votre soeur alors, merci à vous Léa.

Il se dirige dans la seconde salle d'interrogatoire, et retrouve Charline.

- Qu'est-ce que je fais là ? Je vous ai tout dit, donc je comprends pas ?

- Non, vous nous avez pas tout dit Madame Lacroix. Par exemple à propos de votre soeur Léa ?

- Quoi ? Qu'est-ce qu'elle vient faire ma soeur dans cette histoire ?

- Vous n'avez pas une petite idée? Demande Marc

- Non je vois pas.

- Très bien, et les caméras dans le bureau de Mathieu, vous voyez toujours pas ?

- C'est elle qui vous a tout dit ?

- Ah bah voilà, vous êtes au courant, alors maintenant dites-nous tout. Demande Amandine.

- Oui d'accord j'ai fait installer ses caméras par ma soeur, pour le surveiller ce n'est pas un crime.

- Non, mais nous avons des preuves qui prouvent qu'il y a pas que ça, donc vous devriez nous donner votre version.

- Je suis désolé y a rien d'autre.

- Très bien.

Marc et Amandine sorti et compris que s'il voulait toute l'histoire, y avaient que Mathieu qui pouvait leur donner avec toutes ses preuves envers lui, alors il tente le tout pour le tout.

- Bonjour Mathieu. Dit Amandine

- Bonjour, je peux savoir ce que je fais encore là ?

- Nous savons tous, nous avons retrouvé ton téléphone prépayé ainsi que toutes les photos avec Clair et Elsa.

- Je savais que ça allait arriver, ça pouvait plus durer de toute façon. (il pleure dans ses mains)

- On t'écoute, raconte-nous ce qui s'est réellement passé Mathieu. Dit Amandine.

- Je voulais pas, je vous jure (Pleure) y a maintenant un an que j'ai revu Christelle ou Charline enfin, ça m'a fait un choque terrible, je pensais l'avoir enterré et voilà qu'elle réapparaissent sous mon nez. Alors j'ai été la voir et elle m'a repoussé en disant que j'étais un fou qu'elle n'était pas la femme que je prétends voir.

- Donc vous avez fait quoi ?

- Je les suivis, quand son compagnon est sorti j'en ai profité pour m'approcher d'elle, et c'est là qu'elle m'a avoué la vérité. J'étais tellement mal.

- Mathieu faut pas oublier que tu étais devenu violent avec elle et que c'est pour ça qu'elle est partie.

- Je sais je ne l'ai pas oublié, mais je voulais tellement m'excuser auprès d'elle et l'aider s'il elle en a le besoin.

- Mathieu s'il vous plaît, continuer votre histoire.

- Je me rappelle plus très bien mais un mois après elle a obtenu mon numéro de téléphone et m'a appelé, j'étais surpris car elle m'avais fixé un rendez-vous pour discuter. Je me suis rendu et là c'est comme si je m'étais jeté dans la gueule du loup, elle avait élaboré tout un plan pour éliminer c'est deux femmes, et c'était à moi de le faire, sinon elle allait voir Marina.

- Donc votre ex-femme vous a fait du chantage ? Mais pourquoi vous ? Et pourquoi ces deux femmes je comprends pas.

- Car elle ne s'est jamais remis de ce que je lui avais fait, donc elle a voulu me le faire payer. Et pourquoi elles, je sais pas du tout. Je sais juste que dès que le travail était fait, je devais lui apporter dans un carton leurs affaires personnelles.

- Et Nathan dans tout ça ?

- C'était mon meilleur ami, je lui avais tout raconté en détail. Et au moment où j'ai vu que mon livre avait disparu j'ai compris que j'allais avoir beaucoup de problèmes, donc on avait monté un plan B, si on voyait que vous, vous rapprocher de la vérité.

- Très bien, écouter Mathieu avec tout ce que vous venez de nous dire, vous allez être placés en garde a vu à partir de maintenant.

- Je peux juste voir Marina et lui expliquer moi-même s'il vous plaît ?

- Je vais essayer de la convaincre Mathieu.

- Merci Amandine. Je te jure je voulais pas la faire souffrir.

- Je te crois, je te laisse nous devons y aller.

Il retourne dans la salle d'interrogatoire de Charline.

- Mathieu nous a tout raconté, le seul détail c'est pourquoi Elsa et Clair ?

- Je n'y crois pas, Mathieu a beaucoup trop à perdre s'il parler.

- Il nous a dit quoi déjà Marc Mathieu ? Ah oui chantage, Meurtre, affaires personnelles dans un carton, un rendez-vous…

- On continue dit Marc en regardant Charline ?

- Il a tout dit.

- Oui sauf que nous on veut savoir pourquoi c'est deux filles.

- Pourquoi ? Enfin Elsa était mon avocate elle refusait que je divorce si on n'appelait pas Mathieu, mais elle ne comprenait pas qu'une femme battue ne veut plus voir son mari. Quant à Claire elle était secrétaire de mon ancien médecin traitant, elle était au courant que le médecin profité de leurs patientes et elle ne disait rien, elle ne m'a même pas aidé le jour où je lui ai demandé de l'aide.

- Et votre soeur dans tout ça ?

- Ma soeur, elle servait à rien, juste à le surveiller et à me tenir au courant de ses déplacements rien de plus.

- D'accord, suite à vos aveux vous allez être mises en garde à vu, à partir de ce soir.

Marc et Amandine sortie tous les deux de la salle, et se dirigèrent dans la salle de réunion là où tous leurs collègues les attendaient, et il raconta tout ce qu'il venait d'apprendre. Il aperçut Marina au loin et la laissa discuter avec Mathieu pour qu'il lui explique tout.

Quelques mois plus tard

Mathieu et Charline ont été condamné à 30 ans de prison.

Maxime lui a demandé le divorce, et à déménager en ville, proche de sa cousine, qu'il retrouver maintenant tous les week-ends, afin de rattraper les années perdues.

 Amandine elle, avait repris c'est étude, et avait passé tous ces examens de médecine, elle attendait plus que les résultats.

Marina décida tout de même d'adopter le petit garçon de Clair qui est aussi celui de Mathieu, elle décide de lui rendre visite au moins une fois par semaine en prison afin qu'il garde une relation avec ses enfants, car c'était très important pour elle. Elle a vendu la maison, et demander le divorce. Elle est repartie vivre à Bordeaux proche de son amie Amandine car finalement c'est mieux de vivre en ville qu'a la campagne.

Leur petit rituel c'est que tous les dimanches ils se retrouvèrent autour d'un bon barbecue tous ensemble comme une famille. Et Amandine en profita pour annoncer qu'elle avait obtenu son diplôme de médecine.

Printed in Great Britain
by Amazon

80473604R00034